公園で逢いましょう。

三羽省吾

祥伝社文庫

目次

市営アパートのベランダから見下ろすと、その公園は二つの丸い土地が繋《つな》がったような形をしている。

敷地を縁取《ふちど》るようにサクラやブナやイチョウなどが植えられ、その内側にクレイ舗装《ほそう》された赤いジョギングコースが少し歪《いびつ》な8の字を描いている。東側の丸の中心には噴水が、西側には花壇《かだん》と芝生が設《もう》けられ、双方とも空いた場所にお決まりの遊具が一通り並んでいる。

私達はそこを『ひょうたん公園』と呼んでいた。

春の雨

何かが足下で光った。

見ると、蟻《あり》が長い行列を作っていた。その中の一匹が運んでいる昆虫の羽らしきものが、陽の光を反射したようだ。

行列は、ニレの木の根元の方から私が座っているベンチを迂回《うかい》し、植え込みの奥まで続いていた。羽らしきものは植え込みの方へ向かっているから、巣はそちらにあるようだ。

往路の蟻は、情報を得ようとしているのか復路の蟻と頻繁《ひんぱん》に触角を合わせようとする。復路の蟻は、それに答える者もあればそれどころではないという態度で素通りする者もある。

不思議と、巣に向かうすべての蟻が獲物《えもの》を携《たずさ》えているわけではない。手ぶらの蟻の多くは、大きな獲物を運んでいる者の近くを右往左往しながら手伝おうとする。しかし中には、列を離れてあらぬ方向へ行きかけたり、立ち止まって往路の蟻と話し込んだり、はたまたUターンしてニレの木の方へ戻ったりしているのもいる。酷《ひど》いのになると、働き者の蟻が運んでいる身体の何倍もありそうな昆虫の欠片《かけら》の上に乗り、歩くことすらせずのんびり巣に戻っている奴までいる。

そんな蟻の行列を見つめながら、私はいつかＮＨＫだかディスカバリーチャンネルだかで観た、昆虫のドキュメント番組を思い出していた。

蟻や蜂《はち》の社会は素晴らしく役割分担が行き届いている、という内容だった。まだすべてが解明されたわけではないが、一見怠《なま》けているように見える者がいても、実はとても重要な役割を担《にな》っているらしい。例えば、他の蟻が運んでいる物の上に乗っているような奴も、いち早く雨や外敵を感知する見張り役で、いざとなればまっ先に外敵に立ち向かう、とても勇敢な蟻かもしれないということだった。

確かに、そんなものだろうなと私は思う。数億年もかけて築《きず》かれた高度にシステム化された社会では、一構成要素に過ぎない一匹の存在意義など、一見しただけでは分かりっこないのだ。

人間にも、役割がある。その集団に属することが必然であれ偶然であれ、複数の人間が時間と空間を共有する以上、好むと好まざるとにかかわらず役割というものが生まれる。学校でも、職場でも、家庭でも。気付きにくいけれど、たまたま乗り合わせたバスや電車の中でもあるのだと思う。

昼下がりの公園の片隅でも、きっとそうだ。

蟻を観察しているうちに、みんな集まって来た。

いつもの公園、いつもの場所、いつものみんな。私と大輔《だいすけ》を入れて、五人のママと六人の子供達だ。

挨拶《あいさつ》代わりに天気の話をして、朝のワイドショーの話題を一頻《ひとしき》り。一番小さな子供を持つママから夜泣きや授乳に関する質問があり、他のママ達が各自体験談を披露。近所に出来た新しいケーキ屋さんの評価を少し、それから亭主への愚痴をスパイラルにトーク。

そんな感じで、良く晴れた水曜日の午後二時半。

おざなりの話題も尽きた頃、まだお座りも出来ない子のママはベビースリングを掛けて公園の中を歩き回る。我が子を芝生の上で遊ばせているママ達は、別の話題でお喋《しゃべ》りに興じ始める。私は一人ベンチに腰掛けて、ぼんやりと芝生の上の子供達を眺める。

お喋りを始めた二人のママの会話は、みんなで話していた時の当たり障りのない話題と比べて、極端に濃い。聞くつもりもないのだけど、声を潜《ひそ》めているものだから却《かえ》って耳に付いてしまう。

二人のうちの片方は、良く言えば清楚《せいそ》、悪く言えば恐ろしく地味な眼鏡のママ。年齢は二十五歳で私よりも五つも若いのだけれど、息子のユウマくんは大輔より一つ上の四歳で、ここに遊びに来る子の中では一番大きい。つまりこの公園では古株ということになるのだが、比較的新顔であるもう片方のママに押されまくって、かなり形勢は悪い。

押している方は三十代前半、良く言えば華やかな、悪く言えば派手好きなママ。ほぼスッピンのユウマくんママとは対照的に、色のチョイスが薄いだけでかなり入魂のナチュラルメイクを施《ほどこ》している。着ているものも、雑誌の『さりげなくキラリ！　普段着ママ』とかいう特集にでも出てきそうな、それでいて何故かちっともさりげなく見えない『これ見よがし！　普段着ママ』的な、ブランドもので固められた恰好《かっこう》。ベビーカーはQuinny Buzz。エアサスペンション&ガススプリング採用の三輪バギータイプ。税込み九万二千四百円也。

そいつに乗ってきた十八ヵ月のアキちゃんは、二日酔いのおっさんみたいな顔をしている。このおっさんがまた上から下までバーバリー、計七万八千円也。髪も伸ばしているものだから、男の子か女の子かすら分からない。一度、遠回しに「アキちゃんて、どんな字を書くの？」と訊いたことがあるが、答えは「明治の明でアキラ」だった。七―三で男だけど、微妙。

アキちゃんは、大輔やユウマくんと一緒になって芝生の上でゴロゴロ転がっていた。ユウマくんが、芝生で汚れた手をアキちゃんのバーバリーパンツに擦《こす》り付ける。ベージュのバーバリーに鮮《あざ》やかな緑の染みが出来る。それを見たアキちゃんも「お」という顔をして、自ら汚し始める。なかなかイカしたデザート迷彩になりかけてるけど、きっと君のママは数分後に金切り声を上げる。

「一ヵ月はモニター期間なんだから、いいじゃない」

アキちゃんママは、話に夢中で気付かない。

「でも、そういうことは主人に訊いてみないと」

ユウマくんママも、怒濤《どとう》のラッシュに耐えるので必死だ。

「そのご主人の健康のためにも、試してみるべきよ」

話は、アキちゃんママの旦那が勤める会社で売っている浄水器のことだ。彼女が「貿易関係」だと言うその会社は、浄水器だけでなく空気清浄機や布団や黒酢なども扱っている。リフォームやシロアリ駆除《くじょ》までやっているらしい。いずれも、知り合いを五人紹介すると元が取れて、六人目以降は売り上げの何パーセントかがキャッシュバックされるという。

私も怪しい基礎化粧品を買わされそうになったことがあるが、「必要だと思えば買います。ただし、お金のやり取りはしたくないから、あなたからは買いません。それにしても、今どき珍しい完全無欠のマルチでございますね」という内容をオブラートに包んで言い、丁重《ていちょう》に断わった。

その時のやり取りはユウマくんママも見ていた筈《はず》だけど、煮え切らない性格の彼女ははっきり断わることが出来ず、付け込まれているの図。

「アキちゃんママ、もう諦《あきら》めたら？」

それを見兼ねて、サトルくんママ登場。

まだ四ヵ月のサトルくんを抱いた彼女は一番の新顔なのだが、ここに集《つど》うママ達の最年長だ。それもあって、良く言えばまとめ役、悪く言えば仕切り屋になりたがる。

四十二歳とは思えないほどスタイルも良いし綺麗だ。着ているものもお洒落。アキちゃんママのようなこれ見よがしではなく、すべてがさり気ない。どれも年季が入っていて、良いものを長年大切に使う人だということが窺《うかが》える。おまけに言うこともそつがなく、ディベートの進行役みたいに理路整然とアキちゃんママの強引さを批判することが出来る。同時に、ユウマくんママの付け込まれ体質を指摘することも忘れない。

ただし、正論を口にすることが必ずしも場の空気を良い方向へ導くとは限らない。特にここが会議室とか捜査本部とか国連とかでなく、穏やかな午後の公園なんかである場合。

だから私は、アキちゃんママがマスカラだらけの目をくわッと見開いて反論の態勢に入ったのを見計らい口を挟《はさ》む。

「大変、アキちゃんのバーバリーが」と。

大輔とユウマくんは、ワイルドなペインティング作業に飽きて、少し離れたところで遊んでいた。今はもっと小さな二人の子が、アキちゃんに小さな手を擦り付けてケラケラ笑っている。バーバリーは、もう取り返しの付かないところまで行っている。それでもアキちゃんは、中間管理職のおっさんがスナックで若手社員から「課長の歌、最高ッス」と言われた時みたいな悦《えつ》に入った顔で笑っていた。

アキちゃんママは暫《しばら》く状況が摑《つか》めないみたいだったが、やがて頭の先から金属的な声を発しながら我が子、と言うかバーバリーを抱き上げた。

ユウマくんママが動揺して「どうしましょう」と呟いたが、サトルくんママは「放っとけば？　こんなところにあんな物を着させて来る方がおかしいんだよ」と苦笑いしながら答えた。

アキちゃんママは、ウェットティッシュでアキちゃんのパンツを拭き始めた。が、緑の染みが水を吸って広がり、益々《ますます》デザート迷彩に近付くバーバリー。

アキちゃんにまとわりついていた二歳の楚羅《そら》くんと十ヵ月の星羅《せいら》ちゃんは、お気に入りの玩具《おもちゃ》を取り上げられたみたいに「だー」「ぶー」と遺憾の意を表わした。

この仏恥義理《ぶっちぎり》テイストあふれる名前を持つ二人は兄妹だ。ジャングルジムに腰掛けていた彼らのママは、アキちゃんママの金切り声にチラリと芝生を見たが、星羅ちゃんが泣き出してもまったく我関せずの姿勢。携帯メールに夢中で、一歳にもなっていない我が子を芝生に転がしていても布団を干しているくらいの感覚らしい。

最年少の彼女は、まだ二十歳くらい。私達と会話するのがつまらないのか面倒なのか、挨拶程度しか言葉を交わさず、いつも一人でメールばかりしている。楚羅・星羅ちゃんママと呼ぶのは面倒なので、私達は彼女を羅々《らら》ママと呼んでいる。

私はベンチから立ち上がり、泣いている星羅ちゃんを抱き上げた。ブランコに座って彼女をあやしながら、少し離れた位置からみんなを眺める。

ユウマくんママとサトルくんママが喋っている。アキちゃんママが羅々ママのところへ行き、何か話し掛けている。大輔はユウマくんに手を引かれ、砂場に向かうところだ。芝生には楚羅くん一人が取り残され、ベンチに座ったサラリーマンふうの男をぼーっと見つめている。

会話が届かない場所から見つめれば、穏やかな水曜の午後の、いつもの公園のいつもの光景だ。

トラブルメーカーのアキちゃんママ、付け入られ体質のユウマくんママ、仕切りたがりのサトルくんママ。起こる出来事は毎日違うけど、役割はいつも同じだ。

メールばかりしている羅々ママだって、周りのことには無関心だけど実は何か重要な役割を担っているのかもしれない。事実、「十中八九、出来ちゃった婚」だとか「旦那は無職かフリーター」だとか、彼女に関する噂話をする時だけサトルくんママとアキちゃんママの気が合う。話が俎上《そじょう》に載るというだけで、集団の欠かせない構成要素だと思うのだ、私は。

私の役割は、見ることだ。

その対象は、ママ達ではなく子供達。ただし、少々乱暴なことをしようが、バーバリーが汚れようが、そんなことでは構《かま》わない。おむつやおっぱい以外の理由で泣き出したり、汚い手を口に持って行ったり、歩き始めたばかりの子が目の届かないところへ行きそうになったり、そういう時にだけ、お喋りやメールに夢中なママさんに代わって手を差し伸べる。

「ダイちゃんママは優しいよね」

以前、アキちゃんママがそう言ってくれたことがあるけど、そうではない。

「漁師が休日に釣りをしてるようなものね」

大輔を産むまで保母をしていたという話をすると、サトルくんママがそんな上手いのかどうか微妙な喩《たと》え方をしたけど、そういうのとも違う。

私が子供達の行動から目が離せないのは、優しさでも職業柄でもない。ただ、私はそういう役割を持った人間だというだけのことだ。私はこの公園の片隅で、自分の役割を全《まっと》うしているだけだ。

桜の蕾《つぼみ》が綻《ほころ》び始めていた。この季節になると、私は毎年のように思い出す。初めて自分の性《さが》を受け入れようと思った、あの春のことを。

あの頃からずっと、物言わぬ者を見ることが私の役割なのだ。

私が生まれた団地の中庭には、大きなヤマザクラの木が一本あった。私は春が近付くと、よく五階の窓からその木を見つめていた。

日増しに柔らかくなる陽射しのせいか、グロテスクな岩のようだった木肌が日に日に瑞々《みずみず》しさを取り戻す。蕾は少しずつ、けれども確かに膨《ふく》らんでゆく。花は一息に咲き、見る者に儚《はかな》む暇も与えないほど見事に舞い散る。やがて、弱々しかった若葉が徐々に深く濃くなってゆく。その様を、私は飽きもせず眺めていた。

小学四年生になる直前の春休みも、私は窓から身を乗り出すようにして桜を眺めていた。

蕾がだんだん膨らんで、淡い紅色をした萼《がく》の上に小さく折り畳まれた花弁が見え始めた頃、中庭に一台のトラックが止まった。タンスや机が荷台から運び出されて、引っ越しだと分かった。その後ろに止まった乗用車から降りて来た知らないおじさんとおばさんに、近所のおばさん達が挨拶をしていて、その中に私の母もいた。母は頭にバンダナを巻いていたけど、手伝っているのか邪魔をしているのかよく分からない動きをしていた。

「今度、一年生になる男の子がいるんですって。その子、少し身体が弱いみたいだから、美咲《みさき》、あんた学校が始まったら一緒に登校してあげなさい」

その日の夕方、母は唐突にそう言った。夕飯の準備を手伝っていた私は、お皿を並べる手を止めた。あと数日で四年生になる私にとって、男の子と一緒に通学するなどとんでもないことだ。

「えぇ〜〜」

「そんな、この世の終わりみたいな顔をしないの」

「終わりだよ〜、終わっちゃうよ〜」

「しょうがないでしょ。あんたしか小学生がいないんだから」

確かに、うちの兄が中学生になってからこの団地には私しか小学生がいない。小学校まではニキロくらいあって、大きな交差点を二回渡るし踏み切りもある。一年生の子が一人で通うには危ないかもしれない。

でも、絶対に嫌だ。兄弟でもないのに男の子と一緒に登校してる子なんか、一人もいない。いつも学校近くの交差点で友達のサッチンやカズちゃんと合流することになっているんだから、男の子と一緒にいるところなんて見られたら何を言われるか分かったものではない。私だって、クラスにちょっと気になる男の子もいるのだ。彼の耳にまで入ったら、私はもう生きていけない。もし、万が一、せめて、その男の子がサッチン達が羨《うらや》むくらい可愛い弟タイプだったりすれば考えなくもないけど、そうでなければ何がなんでも断ろう。並べたお皿に盛られていく揚《あ》げたての竜田揚げを見つめながら、私は固く決意した。

始業式の数日前、その決意は甘い匂いに包まれて消えた。その子が両親に手を引かれてうちにやって来て、おじさんがお菓子の箱を差し出して玄関が甘い匂いでいっぱいになって、おばさんが「美咲ちゃん、ワッフル好きかしら。琢矢《たくや》をよろしくね」と言うものだから私はつい「はい」と答えてしまい、その「はい」は「ワッフル好きかしら」に対する返事だったのだが、同時に「よろしくね」に対して答えている形にもなってしまっており、おばさんの優しい笑顔が罠《わな》に見えてきて、『こりゃいかん、なんて巧《たく》みなんだ』と思って言い直そうとした時、母が「わざわざすみません。この子、甘いものに目がないんですよ」なんて言って頭をぐいぐい押さえてお辞儀させられ、まだ温かいワッフルの箱を抱えた私は反論出来なかった。

別に食い気に負けたわけじゃない。甘いものに目がないのは実は母の方だ。私はただなんとなく、おばさんの背後に隠れるようにして空《うつ》ろな目で斜め下を見つめていた男の子を見て、一緒に連れてってあげないと駄目《だめ》なんだろうなぁという気がしたのだ。本当だ。彼が可愛い弟タイプだったからではない。そんな都合のいい妄想は二秒で砕《くだ》け散った。むしろ逆だ。

琢矢くんはとても小さな子だった。ランドセルを背負うと、そのまま後ろに倒れてしまうんじゃないかと思うほど痩せていた。痩せた肩と細い首の上に乗った頭だけが、不格好なくらい大きかった。腫《は》れぼったい瞼《まぶた》で半分隠れちゃってる巨大な目、上を向いた小さな鼻、「へ」の字に固く結ばれた大口。簡単に言うと、痩せたカエルみたいだった。ただ、髪の毛だけはとても綺麗だった。私は少し天パ入ってて、その頃とても気にしていたから余計に目についた。彼の髪は黒くてとても艶《つや》があって、大きな頭のラインに素直に従ってしなやかに耳の上まで伸びていた。玄関の蛍光灯に照らされて、はっきりと天使の輪が出来ている。黒と褐色《かっしょく》の違いはあるし長さも全然足りないのだけど、私は前の年のクリスマスに読んだ『賢者の贈り物』を思い出したほどだ。

視線はちっともこちらに向けないのに私に観察されていることは分かったみたいで、琢矢くんは目を泳がせながら「んん……」と言っておばさんの手を引っ張った。

「変な子だね」

玄関の扉が閉まると、私は素直な感想を述べた。母は「こら、そんなこと言わない」と窘《たしな》めたけど、母の方が私よりずっとそう思っているみたいだった。

その母は、十個あったワッフルを四つも食べた。父に一つあげて兄に二つとられたから私の分は三つしか残らなくて、その件については言いたいことが山ほどあったけど、呑気に「おいしい」を連発している母を見ていると何だか馬鹿らしくなった。

入学式の翌日、私達は中庭で待ち合わせをした。満開の桜の下で、琢矢くんは幾分緊張したような、けれどもやっぱりカエルのような顔で待っていた。

真新しいランドセルは胸板の倍くらい厚みがあって、しかも少し前傾していないとバランスがとれないらしく、とても痛々しい恰好だった。それに、低学年の子が被《かぶ》ることになっている黄色いチューリップ帽子が、彼の唯一の美しい部分である天使の輪を隠している。おまけにデカ頭に合うサイズがなかったらしく、頭頂部に申し訳程度に乗っかった帽子は茄子《なす》のヘタみたいだった。

「じゃ、行こっか」

「ん」

学校へは子供の足で四十分近くかかる。四年生と一年生では歩幅《ほはば》が全然違うから、私は数メートル歩いては琢矢くんを待ち、走れば間に合いそうな点滅信号でも遠慮して琢矢くんを待ち、とにかく待ってばかりいた。

琢矢くんは、殆《ほとん》ど喋らなかった。しかも、こっちから話し掛けても絶対に目を合わせようとしない。視線はずっと、あらぬ方向を向いている。しょうがないから、私も無言のまま四十分歩いた。

文房具屋の角を曲がったところに、大きな交差点がある。ここを渡って五十メートルほど行くと、学校の正門だ。いつもここでサッチンとカズちゃんが私を待っていてくれる。

私は、琢矢くんを紹介するより先に、一緒に登校するに至った経緯を滔々《とうとう》と弁じた。二人は、私が心配していたような反応は示さなかった。男の子を過剰に意識する年頃の女子とはいえ、数週間前まで幼稚園児だった子なんか幼過ぎたみたいだ。

「頭、大っきぃ～」

カズちゃんは見たままを口にする質《たち》だ。

「何かに似てるよね。あ、カエルだ」

サッチンは思ったままを口にする。

琢矢くんは私の背後に隠れるように身をかがめた。「ん」しか言わないし殆ど表情も変えない彼だけど、相手が自分に対してどんな感情を持っているかは敏感に感じ取ることは出来るみたいだった。

私の説明は、交差点を渡って正門を入って靴箱で上履《うわば》きに履き替えるところまで続いた。気付いたら、琢矢くんがずっとついて来ていた。

「ちょっと、駄目じゃない。一年の靴箱はあっち。教室、分かるよね？　昨日、教わったよね？」

琢矢くんは斜め下を見つめたまま「ん」と呟き、よたよた歩いて行った。ちょっと心配になって見ていたら、一年生の靴箱のところで曲がろうとして柱にランドセルを引っ掛けて派手に転んだ。

私の新年度は、溜め息混じりに始まった。


どうせ半年もしないうちに琢矢くんにも友達が出来て、私の役目は終わるだろう。もし友達の家が遠くても、そのうち女の子と登校するのが恥ずかしくなって一人で行くと言い出すに決まっている。

私のそんな楽観的な思惑は、外れた。

葉桜になっても、花がすっかり散ってしまっても、赤味を帯びた若い葉が深い緑色になっても、琢矢くんは毎朝その桜の下で私を待っていた。彼には友達が出来なかった。勉強も運動も苦手だったせいかもしれないし、大き過ぎる頭のせいかもしれない。カエルみたいな目が、キラキラではなくてギョロギョロしていたせいかもしれない。けれど一番の理由は、彼が殆ど喋らない子だったからだと思う。

喋らない年下の男の子と四十分も歩くのは、体育で跳び箱の模範演技を眺めている時間の次に退屈だ。私は琢矢くんにというわけではなく、退屈しのぎで学校のこと、家族のこと、友達のこと、前の日に観たテレビのこと、好きなアイドルグループのことなどを一方的に喋るようになった。

琢矢くんは、たまに頷いたり「ん」という音を喉の奥から発するだけだった。肯定か否定か、そもそも意思表示なのかすら分からない「ん」。話の合間にそれが聞こえているうちは、私は一人でどんどん歩いて行く。声が小さくなったなと思ったら振り返って、琢矢くんが追い付くのを待つ。たまに、振り向くと姿が見えないことがあって驚かされるが、そんな時は大抵どこかの犬や猫と睨《にら》み合っていた。そんなうんざりする日々が何日も続いた。

夏休みが明けてすぐ、事件は起きた。ワッフルはたった二日でなくなったのに。

私達の学校では四年生以上になると、九月に各クラスで運動会用の応援旗を作ることになっていた。作業は、クラスを五人単位に分けた班毎《ごと》に交代で行なわれる。授業時間は使わず早朝か放課後に集まるのだが、私の班には放課後は塾やスポーツ少年団で参加出来ない子が多いため早朝作業ばかりだった。

私はこの旗作りがとても楽しみで、早く九月にならないかと待ちわびていた。

普段は面倒臭がり屋で寝坊ばかりしている私が、何故そんなに張り切っていたかというと、私達の班に小塚《こづか》くんがいたからだ。小塚くんとは三年生の時から同じクラスだ。以前はちょっと気になる程度だったんだけど、四年生になって同じ班になって掃除や給食当番を一緒にやるようになって、席が隣になったり箒《ほうき》でホッケーをやって一緒に先生に怒られたりパンを運んだりしているうちに、気が付いたら大好きになってしまっていた。不思議だ。

小塚くんは、成績はあまり良くないけど体育だけは得意で、そんな子の常でちょっと先生に目を付けられてたりして、つまり恰好良かった。スポーツ少年団でサッカーをやっていて、四年生だからまだ試合にはそんなに出ていないらしいけど、それでも同級生の中では一番上手で五年生になれば六年生を差し置いて真ん中の右寄りの方でレギュラーになるかもしれないらしい。土曜日の練習をこっそり見に行ったこともある。見てるだけだし、別に話なんかしないし、逆に話し掛けられたりしたら逃げ出してたと思うんだけど。ホント、不思議だ。

誰かを好きになる過程って大人も子供も不思議だね、という話は置いといて、そういったわけで早朝の旗作りは私にとってとても大切なことだった。

その日、私はいつもより三十分も早く家を出た。それでも約束の時間に遅れそうで、朝ご飯も食べずに家を飛び出した。

「ん」

葉を赤く染め始めていた桜の横を駆《か》け抜ける時、その声が聞こえた。振り返ると、琢矢くんがいつもの場所に立っていた。

「なんで？　昨日、言ったよね？　明日の朝、私は早く学校に行かなきゃだから、琢矢くん悪いけど一人で行っててねって」

「ん」

「帰りはいつも一人なんだから道は分かるんだよねって訊いたら、頷いてたじゃん」

「……ん」

私が怒っているのが分かったらしく、琢矢くんは俯《うつむ》いたきり、電池が切れたみたいに動かなくなってしまった。

『拗《す》ねたって可愛くないですよだ』

私は構わず駆け出した。背中に「んんんーーー!!」って声が届いたけど、ランドセルを鳴《な》らしながら追い掛けて来る音も聞こえたけど、私は振り返らなかった。

学校まで駆け続け、五分の遅刻を十分以上にわたって班長に怒られたり、旗に描く『4—B』の文字は赤か青かで男女に分かれて揉《も》めたり、居眠りしている小塚くんを定規《じょうぎ》でつっ突いたりしてるうちに、私はすっかり琢矢くんのことを忘れてしまった。

二時間目が終わった後の長休み、私は職員室に呼ばれた。初めての経験だったから驚いたけど、待っていたのが私の担任だけじゃなく教頭先生と一年生の担任もいたからピンときた。

琢矢くんは学校に来ていなかった。彼の担任が家に電話をすると、いつもより早く家を出ていることが分かった。おばさんは今、学校に向かっているらしい。

「毎朝、一緒に通学してくれてたのよね？　何か知らない？」

私は、旗作りの当番のことや、それを琢矢くんには伝えていたこと、今朝のことも正直に説明した。説明に「しょうがない」をいっぱい使っていることは自分でも分かっていたけど、本当なんだからしょうがない。

私の担任も教頭先生も琢矢くんの担任も、あなたを責めているわけじゃないとかなんとか言ってくれた。でも、あの罠みたいな優しい笑顔のおばさんが顔色をなくして通学路をキョロキョロしながら学校に向かっているところが頭に思い浮かんで、私は泣き出してしまった。

みんな慌てて更《さら》になだめるようなことを言ってくれた。私は泣きながら、琢矢くんがよく通学中に立ち止まって睨み合ってる犬や猫がいる場所、いつも渡るのを恐がる国道の信号のことやなんかを喋った。教頭先生が三時間目に身体が空いている人を募《つの》って、職員室にいた何人かがその場所に向かった。

予鈴《よれい》が鳴って、私は教室に戻された。涙が乾いていなかったから、すぐに私の席の周りに人が集まって来た。四年生にもなって泣いていたりすると、もうそれだけで大事件だ。サッチンやカズちゃんから矢継《やつ》ぎ早《ばや》に質問を浴びせられたけど、私は首を横に振るだけで何も答えることが出来なかった。サッチンは勝手に男子の何人かに「あんたが何か言ったんでしょう」とか迫っていた。

三時間目が終わって今度は私の方から職員室へ行くと、担任に応接コーナーに行くように言われた。職員室の一角のパーテーションで囲まれたところに行くと、中から「やっぱり無理なんでしょうか」「お母さん、まだ結論を出すのは早いです」なんて会話が聞こえた。そっと中を覗《のぞ》くと、ソファに琢矢くんの担任と教頭先生、向かい側に琢矢くんちのおばさんが座っていた。

私が立っているのに気付いて、三人は会話を止めた。私は咄嗟《とっさ》に「違うんです」と言おうとした。琢矢くんがどうなったのかを訊《たず》ねるより早く、その言葉が口を突いて出て来そうになった。

「やぁ、安心しなさい。大丈夫だったから」

私の表情から何か別のことを読み取ったらしい教頭先生が、そう言った。

琢矢くんは無事だった。文房具屋の近くでウロウロしているところを学校へ向かってい たおばさんが見付け、連れて来ていた。何をしていたのか訊ねてもいつものように「ん」しか答えなかったが、どこも怪我はなく本人もケロっとしていたため、取り敢《あ》えず三時間目の途中から授業を受けさせているということだった。

「美咲ちゃん、ごめんね」

私が「ごめんなさい」の「ご」を言ったところで、おばさんはそれを遮《さえぎ》るように言った。

「教頭先生から聞いたわ。今朝は運動会の準備で早く登校する日だったって。琢矢にもそれは伝えてくれてたんですってね。なのに、あの子が勘違いしちゃって自分も早起きして。おばさんがちゃんとしてれば良かったのに、美咲ちゃんにまで心配かけちゃったね」

おばさんは、とても疲れているみたいだった。笑おうとしていたけど、あの優しい笑顔には程遠かった。

私は何も言えなかった。頭の中で『違う』という言葉がぐるぐるぐるぐる廻っていたけど、何が違うのか自分でもよく分からなくて、けどさっき言おうとしたのとは別の『違う』であることだけは確かで、ただ黙って俯いていた。

その夜、おばさんは菓子折りを手に改《あらた》めて私に謝《あやま》りに来た。今度はバームクーヘンだった。母は恐縮してしまって「コレが気が付かない子なもので」と、また私の頭を押さえ付けた。玄関先でペコペコ合戦をやってるみたいだった。帰り際、おばさんは「美咲ちゃんが早く登校する日は、琢矢じゃなくておばさんに伝えてくれる?」と言った。私は「もう大丈夫です」と答えた。運動会まで、あと何回か旗作り当番が回って来ることになっていたけれど、担任に相談して放課後にやっている班に変えてもらったからだ。おばさんはとても驚いたみたいで、なんだかよく分からないけれど鼻をずるずるさせながら「ありがとうね」と私の手を握った。

翌朝、琢矢くんは何事もなかったかのように桜の下で待っていた。私は何か言ってやろうかと思ったけど、何を言っても無駄なような気がして我慢した。ただ、いつもの「おはよう」をちょっとぶっきらぼうな感じで言ってみた。

人の気持ちを読み取ることだけは敏感な琢矢くんは、いつも以上に歩くのが遅くなった。私もその日は一人で喋り続ける気分ではなかったから、登校初日みたいな感じになった。

振り向かずに、どんどん先を歩いていた私の手に何かが触《ふ》れた。驚いて振り返ると、琢矢くんが「ん」と折り畳んだ紙を差し出していた。

「何これ?」

「ん」

広げると、私が好きなアイドルグループのピンナップだった。凄《すご》く欲しかったんだけど諦めかけていたやつだ。

「私に? くれるの?」

「ん」

「私がファンだって言ってたの、聞いてたんだ」

「ん」

いつも前を通る文房具屋は雑誌も扱っていて、店頭に並べている。私はそこで芸能雑誌の表紙を毎号チェックして、限られたお小遣いでどれを買うか検討していた。琢矢くんは、私がたまに「わぁ、こっちはピンナップ付きだぁ。悩むなぁ」なんて独り言を呟くのを聞いていたらしい。

私が「昨日のお詫び?」と訊ねると、返事はいつもの「ん」だったけど、ちょっとだけ

「?」のニュアンスが感じられた。それで気付いた。昨日の騒動など彼には分かっていない。昨日の朝、私が怒って一人で行ってしまったものだから「怒らないで、これからも一緒に学校に行ってね」っていう貢《みつ》ぎ物のつもりなのだ。

かなり嬉しかったのだけど、なるべく落ち着いた口調を装《よそお》って「ありがとう」を言うと、琢矢くんは無表情のままいつも以上に激しく首を捻《ひね》って至るところを両手で掻《か》きむしった。他の誰にも分からないだろうけど、半年も彼と付き合って来た私にはそれが最上級の喜びの表現であることが分かった。

彼のせいで小塚くんと旗作りが出来なくなったのだ。ワッフルとバームクーヘンくらいじゃ足りない。別に、貰《もら》ったっていいよね。

そう思った瞬間、私はそれらの言葉を知るよりも早く〝見返り〟を当然の〝利権〟として捉《とら》えるようになっていた。

その後も、琢矢くんは週に一回くらいのペースで色々なものを私にくれた。同じアイドルグループのシールやカードだったこともあるし、漫画一冊とかロケット鉛筆一本とか、ガム一つなんてこともあった。

いつも私が欲しいものとは限らなかったし、たまに邪魔なだけのものを渡されることもあったけど、断わるのも失礼だと思って全部受け取った。それらを買うお金をどうしてい

るのかなんて、殆ど気にしなかった。きっと、身体も弱くて友達も出来ない子だから
甘やかされていて、お小遣いがいっぱいあるのだろうという程度に思っていた。
我ながら妙なことだと思うのだけど、運動会が終わる頃になると、あれほど嫌いだった
琢矢くんとの通学が、ごく自然な生活習慣だと思えるようになった。琢矢くんが風邪で学
校を休んだ時など、一人で通学することに違和感を覚えたほどだ。そんな日は、サッチン
やカズちゃんまで、「あれ、カエルちゃんは？」などと気にしてくれた。

秋が過ぎ、冬がいった。
乾いた桜の木に生気が戻り、芽を吹き、蕾をまとい、先端が綻び始めた。毎年そうする
ように、私は桜の木を見下ろしていた。
春休みだった。私は五年生に、琢矢くんは二年生になろうとしていた。
結局、一年経《た》っても琢矢くんには友達が出来なかったようだ。相変わらず「ん」しか言
わないから詳《くわ》しいことは分からないけど、きっといないのだと思う。
私の方は、二年も同じクラスだったおかげで随分と小塚くんと仲良くなることが出来
た。正確には小塚くんだけじゃなくて周りのオマケも付いてるし、仲良くなったと言うよ
りただ単に悪口を言い合っているだけだったけど。でも、小学四年生の男女関係なんてそ

れが最上級の仲良しだ。

そして、五年生のクラス替えを前に、特に悪口を言い合った仲間でお別れ会を兼ねて遊園地に遊びに行こうということになった。参加メンバーは、女子が私とサッチンとカズちゃん、男子は小塚くんとオマケ二名。期日は、春休み中でスポ少の練習がない四月の第一木曜日、桜が八分咲きになった頃と決まった。私はその日を心待ちにしながら、いつもよりのんびりしてるように感じる桜を眺めていた。

そんなある日、一年前にトラックが止まったのとちょうど同じ頃、桜の木の下に一台の自転車が止まった。お巡りさんが乗っていた。お巡りさんは隣の棟に入って行って、すぐに琢矢くんちのおばさんと一緒に出て来た。五階から見下ろしていても、おばさんが凄く狼狽《うろた》えていることが分かった。

しばらくすると、おばさんは琢矢くんと一緒に帰って来て、今度は何故かうちの棟に入って来た。そして、うちの呼び鈴が鳴った。

母は「はいはいはい。あぁ、どうも」といつもの大きな声でおばさんを迎えたが、「えぇ?」と言ったきり小声になってしまった。

私は得体の知れない不安にかられながら、はっきりと聞き取れない母とおばさんの声に聞き耳を立てていた。その時は自分でも何に怯《おび》えているのか分からなかったけれど、とにかく何かを予感し、それを震えがくるほど恐れていた。だから、母に突然「美咲、ちょっと」と呼ばれた時、私は驚きながらもどこかで『やっぱり』と思っていた。

「なぁに」

出来るだけ平静を装ったつもりの声は、微《かす》かに震えていた。

おばさんは玄関先で泣いていて、私の顔を見るなり「いえいえ、美咲ちゃんは関係ないですから」と嘆願《たんがん》するように母に言った。その傍《かたわ》らで、琢矢くんはいつものように斜め下の中空を見つめながら突っ立っていた。

「あのね美咲、あなたは関係ないだろうけど、一応訊いておくわね」

母は、いつもと違う様子で説明した。

琢矢くんは、玩具屋で万引きしたところを見付かって捕まえられたのだった。店の人が何を訊いても喋らないためお巡りさんを呼び、持ち物に書いてあった名前を頼りに住所を調べて知らせに来たということだった。

初犯でもあるし一年生ということで、お巡りさんからお店の人に大目に見るよう進言してくれて、すぐに帰して貰えたと言う。

しかし、近所の交番に詰《つ》めている白髪頭のお巡りさんは、別れ際おばさんにこう忠告した。

「お金を払うのを忘れて、つい持って出たのなら分かりますが、ちゃんと上着に隠していたと言うじゃないですか。言いにくいですが、この子が万引きをするほど知恵が働くようには思えない。ひょっとしたら、悪い友達か上級生におどかされているんじゃないでしょうか」

おばさんも、どこかおかしいと気付いていた。盗もうとしたのはゲームソフトだったが、そのゲーム機の本体を琢矢くんは持っていないのだ。

喉元まで、また『違う』という言葉が押し寄せて来た。私はその時、おばさんよりも狼狽えて、顔色をなくし肩を震わせていたのだと思う。おばさんがそれをどう解釈したのか分からないけど、「違うのよ、美咲ちゃん」と先回りしてくれた。

「決して美咲ちゃんがどうという話じゃなくてね、つまり琢矢が変なお友達や上級生と付き合っているようなら、教えて欲しいと思って、それで……」

琢矢くんは状況をどこまで分かっているのか不明の無表情で、一つ「ん」と唸《うな》った。斜め下を見つめていた視線が、何かを探すように彷徨《さまよ》った。

「私、知らないから」

そう即答すると私は踵《きびす》を返し、母が「待ちなさい」と言うのも聞かず部屋に戻った。父に禁じられていたドアの鍵をかけ、ベッドに潜り込んで頭から布団をかぶった。

静かだった。耳障りな呼吸音が、私に思い出させた。

終業式の朝、私は独り言のようにこんな話をした。

それまで、うちでは兄がゲームを占領していたが、最近は部活動が忙しくなったらしく私の独占時間が増えた。遂に私の時代が来たのだ。ついては新しいゲームソフトが欲しいのだが、お小遣いが貯《た》まるまで待たなければならない。

それを思い出して、すべてが分かった。これまで琢矢くんが私にくれたのは、全部万引きした物だったのだ。あの九月の失踪騒動の時、恐らくあれが初めての万引き。初めて一人で学校に向かいながら、彼なりに懸命に考え、文房具屋の前を通る時に思い付いてしまった。それでも中々踏ん切りが付かなくて、あんな時間まで掛かったのだ。すべては、私に嫌われたくない一心で。

何故、今まで見付からなかったか。それも私には分かる。物心が付いた頃からずっと人の顔色ばかり窺い続けてきたから、好奇の目に晒《さら》され続けてきたから、目立たないように腐心し続けてきたからだ。だから、人の気配や視線に敏感で天才的な万引きの技術を身に付けてしまったのだ。

「知らないよ、馬鹿」

本当だろうか。

馬鹿と呟いた瞬間、私は自分に訊ねていた。本当は、薄々《うすうす》勘付いていたのではないか。だからさっき、話を聞く前からあんなに怯えていたのではないか。貰うものすべてが、あの文房具屋を始め駄菓子屋、本屋、コンビニ等、通学路の途中にある店のものばかりだと私はとっくに気付いていた筈だ。ただ、自分で自分に気付かない振りを強《し》いていただけだ。

折り畳まれた花弁は鮮やかなピンク色なのに、開いてしまうと殆ど白に近い。その様は、陽の光に染められているように見える。秋の紅葉、夏の向日葵《ひまわり》がそうであるように、桜の花は春の陽の色に似ている。

早春の鋭角な陽の光を浴びながら、桜は七分まで咲いた。

あの日以来、私は殆ど外にも出ずにずっと桜を眺めていた。

「別にあなたのこと疑ったわけでもないでしょう? 少しでも知ってることがあったら教えてって言っただけじゃない。いい加減に機嫌直しなさいよ」

母は、そんな軽い調子で私を窘めた。その言葉から、ゲームソフト以外の万引きも、それを私が受け取り続けてきたことも気付かれていないことは分かったけれど、そのことは私を安心させるどころか却って気を滅入《めい》らせた。

そしてもう一つ、もっと気が滅入ることがあった。あれからずっと、琢矢くんが桜の木の下に立っていることだ。

彼は声を出して私を呼ぶでもなく、窓を見上げるでもなく、朝から夕方まで、お昼ご飯の時間を除いてただそこに立っている。

母も気付いていて、私に「謝りたいんじゃない？　話くらい聞いてあげなさいよ」と言ったが、私は下りようと思わなかった。彼が謝ると言ったってどうせ「ん」だと分かってたし。

母が遂に怒って、私の部屋にノックもせずに入って来たこともあった。

「いつまで意地を張ってんの！　あなたもう五年生でしょう」

勿論、私も負けずに同じくらいの大声で応戦した。

「何それ、意味分かんないし。何年生とか、関係ないし！」

それで火が点いて、互いに言いたいことを言い列《つら》ねた。そのうち、体力的なものか私の方が一人で怒鳴り続けるようになった。そもそもお母さんが勝手にという話に始まり、ワッフル四個も食べただのバームクーヘンも知らないうちになくなってただの言っていると、私はいつの間にか琢矢くんの存在そのものについて、声を荒らげていた。

「馬鹿だし喋んないしカエルみたいだし、おまけに泥棒だし、あんな子、いてもいなくても一緒じゃん！　いない方がいいじゃん！」

てっきり怒鳴り疲れて黙っているのだと思っていた母が、その時ピシャリと私の頰を打った。

「いない方がいい子なんか、この世にいません！」

打たれるのも怒鳴られるのも初めてではなかったけど、そんなに強い力で打たれ大きな声で怒鳴られるのは初めてだった。

私は自分が何を口走ったのか気付いて、黙り込んだ。

母は項垂《うなだ》れた私の頭に優しく手を置いて「スッキリした？」と訊ね、私がやっとの思いで「それ、お母さんの方じゃん」と言うと、笑って抱き締めてくれた。

それで私の母に対する感情は幾分か落ち着いた。今度は琢矢くんに対する感情を整理する番だと分かっていたけれど、そっちはいつまで経っても自信がなかった。頭の中では分かっているつもりだけれど、いざ顔を合わせると罵《ののし》ってしまうかもしれないことが恐かった。

そんなことがあったものだから、あんなに楽しみにしていたお別れ会の前日、サッチンとカズちゃんからお弁当の材料の買い出しに誘われて久々に出掛けた時も、ちっともテンションが上がらなかった。当日の朝も、なんだか出掛けるのが億劫《おっくう》だった。早起きして、母に手伝って貰いつつ「どっちが手伝いだか」なんて嫌味を言われながら作ったお弁当を手に外へ出ると、やっぱり琢矢くんはいた。八分咲きの桜の下で、私に気付いたのだろうけども眉一つ動かさず、斜め下を見つめていた。手に何か、リボンが付いた箱のような物を持っていた。

　私はシカトして早足で行こうとした。様々な感情が込められた「ん」が呼び止めた。私はもっと早足でUターンして、早口で捲《まく》し立てた。

『駄目』

　誰かに言われたような気がしたけど、止まらなかった。

「別にモノなんか貰わなくたって、ちゃんと一緒に通学してあげるよ。あんた、馬鹿じゃないの⁉」

　余程、驚いたのだろう。琢矢くんは顔を上げて一瞬だけ、初めて私の目を見た。腰の高さまで持ち上げかけていた箱を、ゆっくりと下ろした。追い詰められた小動物みたいな目だった。私が睨むと、すぐに目を伏せた。つむじが見えるほど項垂れて、丸い天使の輪が後頭部まで露《あらわ》になった。

　再び歩き出しても、もう「ん」は追い掛けて来なかった。

学校の正門に着くと、もうみんな揃っていた。「ごめぇん」と謝りながら駆け寄ると、全員から「おっせーよ」と暖かく迎えられた。

遊園地へは、徒歩で一時間くらいかかる。バスで行けばすぐに着くけど、全員一致で歩いて行くことにした。往復数百円がもったいないこともあったけど、みんなお喋りしながら歩く時間も楽しみたかったのだ。楽しむと言っても、男女ではっきり前後に分かれてしまうのだけど。

サッチンとカズちゃんと私で、お弁当の中身についてお喋りしているうちに私の気持ちも少しずつ晴れて来た。たまに、お調子者のオマケ一号が振り向いて「食中毒とかなしの方向でヨロシク〜」なんてからかう。こういうのをあしらうのはサッチンの得意技で、「あ、あんたの分、忘れてた。そこのコンビニで調達ヨロシク〜」とか言って返り討ち。そんな他愛ない会話でみんな笑って、チラリと振り向いた小塚くんも「バカじゃねぇの」と笑う。何度かそんなことがあって、その都度《つど》小塚くんの笑顔を見ているうちに、私はいつの間にか、ついさっきまで抱えていた嫌な気分をすっかり忘れてしまっていた。

三年生の秋の写生大会で来た公園を横切り、四年生の春に水棲《すいせい》生物の観察で来た河原を歩いている時、急に雲が出始めた。朝はあんなに晴れていたのにおかしいね、天気予報は晴れマークだったよな、などと言っているうちに、雲はまるで私の気分が晴れていくのと反比例するみたいに、みるみる分厚くなってきた。

遂に小雨が降り始めた。遊園地まで、もう半分ほど来ていた。私達は大きな橋の下で雨宿りをしながら、空を見上げた。

「どうするよ」「こんなの、たいした雨じゃねぇよ。濡れて行こうぜ」「ほら、あっちの空は晴れてる」「けど、雲はこっちに流れてるよ」「大丈夫だって、小雨だし」

主に一号と二号がそんなことを話し合った。初めは小塚くんも「大丈夫だよ」と言っていた。でも今は黙って空を見上げている。

雨天決行を主張する一号二号に、小塚くんは諭《さと》すように「俺らはいいけど」と言った。それで一号二号も気付き、三人でジャンケンを始め、負けた二号が「じゃあコンビニでビニ傘、買って来る」と駆け出した。

サッカーなら全然気にならないくらいの雨だから、男子三人は慣れっこの筈だった。なのに、私達のことを考えてくれた小塚くんはとても優しい。

それに気付いた私は、でも彼に対してそれまで以上の好きだという感情を抱かなかった。感じたのはむしろ、胸の奥の方が疼《うず》くような痛みだった。

堪《たま》らなくなって、私は空から視線を落とした。

落とした視線の先で、キンポウゲが咲いていた。土手に群生するキンポウゲは、静かに降り続ける雨を受けて小さな黄色い花弁を小刻みに揺らしていた。

「大丈夫だって」

「ほんと?」

何故か分からない。その時、ふと母との会話を思い出した。今日のような弱い雨が中庭で咲き誇る桜に降り続ける、遠い春の日の午後のことだ。それまで思い出すことなどなかった、小さな、ほんの些細《ささい》な母との会話だ。

まだ小学生にもなっていなかった私は、桜が散ってしまうような気がしてこの季節の雨が嫌いだった。その日も、恨《うら》めしそうな顔で空を見つめていたのだと思う。

「ほんと。春雨は優しいから」

「はるさめ?」

私の頭にポン酢と紅葉おろししか思い浮かんでいないことを察した母は、笑って「春の雨」と言い直した。

「春の雨は優しいの。桜が散らないように降ってくれるんだよ。ほら、柔らかくて、音もないでしょ?」

「うん」

「桜の花びらも小さく震えて、ね、喜んでるみたい」

「うん」

それから母は、優しい雨に濡れた桜も優しくなって、来年はもっと綺麗に咲こうとしてくれるのだ、そんなことを言ってくれた。

あの時、母は単に私を安心させようとしてそんなことを言っただけなのだろうけど、揺れるキンポウゲを見つめているうちに、長い時を経たそれらの言葉は意味を変えた。

春の雨に濡れなければならないのは、私の方だ。

「ごめん、みんな。私、用事を思い出しちゃった」

私はそう言い残して、お弁当をサッチンに渡して駆け出した。呼び止める声が聞こえたけど、コンビニから帰って来る二号にもすれ違い様に呼び止められたけど、止まらなかった。泥を蹴り上げながら、柔らかい雨に打たれながら、河原を駆け、土手を駆け上がり、公園を横切り、校門の前も角の文房具屋も赤信号以外は止まらずに駆け抜け、息を切らして桜の木の下に戻った。

琢矢くんは、雨の中でアマガエルみたいに立っていた。私が駆け寄ると、やっぱり斜め下を見下ろしたまま身を硬くした。また怒られると思ったみたいだ。

霧のような雨に濡れて、綺麗な髪の毛がいつも以上に光っていた。天使の輪が、本当に頭の上に浮かんでいるように見えた。

「馬鹿じゃないの」

朝と同じ言葉だったのに、琢矢くんは今度は顔を上げなかった。私の方を見もせずに、「ん」とリボンの付いた箱を差し出した。箱はぐちゃぐちゃに濡れていた。

中には、とても食べられそうにない手作りクッキーが入っていた。

ぐずぐずのクッキーに混ざって、紙切れが入っていた。水性ペンで書いたらしい文字は殆ど滲《にじ》んでいたけど、おばさんに教わりながら書いたのだろう『ごめんなちい』という文字がなんとか判読出来た。

「馬鹿じゃないの」

私はもう一度、そう呟いた。

公園の桜は手入れの行き届いたソメイヨシノだから、あの中庭にあったヤマザクラほど巨木にはならない。枝が何年かに一度は剪定《せんてい》されるようで、あのグロテスクな異様もない。

星羅ちゃんは、私の腕の中で寝息を立てていた。眠りながら、ずっと私のおっぱいを触っている。泣き出さないからお腹が空いているわけではないのだろうけど、きっとママのスキンシップが足りないのだと思う。

アキちゃんママは羅々ママに対する苦情も一通り言い終わったみたいで、今はサトルくんママとユウマくんママに合流して楽し気にお喋りしている。羅々ママは相変わらず、凝《こ》った首をコキコキ回しながら尚も携帯電話とにらめっこを継続している。

みんな、子供を遊ばせに来るついでに世間話をしている筈なのに、いつの間にか子供のことを忘れに公園に来ている恰好になっている。誰だって、子供のことを忘れてしまう瞬間がある。羅々ママはずっとだけど。

だから私みたいにずっと子供を見ている人は、すぐ「優しい」というレッテルを貼られてしまう。

私は優しくない。優しいというのは、あの時の小塚くんの心遣いのようなことを言うのだ。雨が降って、我が子が濡れていることもクッキーがぐずぐずになっていることも分かっていただろうに、好きなだけ桜の下で待たせてあげる琢矢くんちのおばさんのような人を言うのだ。

私は、誰かに優しく接してあげる術《すべ》を知らない。だからせめて、見る。見て、手を差し伸べる。それは優しさではない。私が恐いのだ。知らず知らずのうちに人を傷つけてしまうことが、恐いのだ。すべては自分本位だ。

だから、私を「優しい」と形容する人は間違っている。

初めて間違えられた時は、随分と大々的だった。小学校の卒業式でのことだ。スポーツとかお習字なんかで県知事の表彰を受けたりすると、卒業証書授与の後に呼び出される。その中に、私の名前もあったのだ。

校長から卒業証書より立派な額入りの感謝状というものを貰った。

校長は、私に感謝状が与えられる理由について長々と全校生徒に向かって説明した。その中には「特殊な」とか「普通学級」とか「教育委員会」「文部省」「実験的ケース」なんて言葉があった。そんなこんなで、琢矢くんが入学以来三年間、特に大きな事故もなく通学出来たのは私のおかげらしい。私はまた『違う』と思いながら感謝状を受け取った。

その後、私は小塚くんを諦めて琢矢くんと付き合い始め、琢矢くんが小学校を卒業するまで毎日一緒に登校し、中学と高校は三つ違いだから一緒というわけにはいかなかったけれど、幼い頃の気持ちはずっと変わらなくて、遂には結婚して大輔という男の子をもうけた。

なんてことは、まったくない。

私が卒業すると同時に、琢矢くんは一人で通学するようになり疎遠になってしまった。同じ団地だからたまには顔を合わせていたけど、特に挨拶みたいなこともせず、私が中二で引っ越す頃には彼の存在自体、気付かないくらいになっていた。

けれども今になって思い返すとあの時の判断、春の雨がキンポウゲを揺らしているのを見て駆け出した時の判断は、その後の私の恋愛体質と言うか行動原理と言うか、その辺《あた》りを決定付けてしまった。

亭主にはそのうち打ち明けるかもしれないけど、彼と付き合うようになったきっかけも、あの時の判断と似たような部分がなくもない。恋愛など、そんなものだと私は思う。変われそうで、変われない。それが人間だ。

あの時の判断に、今現在還暦を迎えようかという年になってパチンコにはまって私に金を無心する母の言葉が介在していたかと思うと無性に腹立たしいけれど、定年を迎えて再就職する気ゼロの父にも三十半ばでニート状態の兄にも「ワッフル食べたじゃん」と声を大にして言いたいけど、それもきっと彼らの役割なのだと思うようにしている。

大輔は砂場で、ユウマくんと一緒にお山を作っていた。時々、私の方を振り向いてニッコリ笑う。そんな大輔の頭にくっきり浮かんだ天使の輪を見つめながら、私は日々覚悟を決めている。

アカベー

弟の誠治《せいじ》は、小さな頃から物を作るのが好きだった。

段ボールや空き缶やカマボコ板などを使って、いつも何かを作っている子だった。

ただ残念ながら、手先が器用なわけでも芸術的センスに恵まれているわけでもない。好きこそものの上手なれを覆《くつがえ》す下手の横好きで、大抵の場合出来上がる何かは正体不明の物体だった。

小学校三年生くらいから工具などを使えるようになると、出来上がる何かは動力を持ったりして大掛かりになっていったけど、そのぶん意味の分からなさも大掛かりになっていった。

その日も、私が学校から帰って来ると、誠治は玄関先で奇妙なものを作っていた。

どこかで拾って来たらしい壊れたラジコン・カーの部品を使った車で、それだけなら奇妙と言うほどのものでもないのだけど、車体が下駄《げた》だった。

両脇にオフロードタイプのゴムタイヤがにょっきり飛び出ており、後輪が大きくて車体はやや前傾《ぜんけい》、土踏まず辺りにタミヤのモーターと電池、鼻緒の間にはガチャポンのカプセルで運転席らしきものを設《しつら》えてある。

「今度は何？」

「下駄車《げたぐるま》に決まってんじゃん！」

決まってはいないし、新しい柔道技みたいで変な名だ、などと指摘することもなく私は自室に向かった。暫くして「お姉ちゃん、出来たー！」と叫ぶ声が聞こえたけど、別に待ってはいなかったし面倒だったので無視していた。

しかしその直後、トラックが通り過ぎる音と同時に『バキバキ』『ガシャン』と嫌な音が聞こえたものだから、慌てて表に飛び出した。

「ちょっとあんた、今の音、何？　大丈夫？　怪我は？」

誠治は無事だったが、下駄車は大破していた。誕生から十秒足らずの命だった。

あちこちに電池や車軸や鼻緒が散乱していた。車体、と言うか下駄は二つに割れ、その片方にはゴムタイヤが一つ、もう片方にはモーターが辛《かろ》うじて残っていた。これだけ見たら何の残骸《ざんがい》だか分からない。結構シュールな事故現場だった。千切《ちぎ》れた鼻緒の中身なのか、綿みたいなものがかなり遠くまで飛んでいた。

「すっげー、バラバラだー」

と言ってケラケラ笑ったのは、誠治ではなく私の方だった。彼は五年生なのに、女の子みたいにメソメソ泣き始めた。泣きながら状況を説明するところによると、直進しか出来ない下駄車は真直ぐ車道に飛び出して通りかかったトラックに激突、後輪に巻き込まれて木《こ》っ端《ぱ》微塵《みじん》となり、ゴムタイヤの一つが弾《はじ》け飛んで玄関先にあった植木鉢を粉砕、運転手は気付かなかったらしくトラックはそのまま走り去った、ということだった。

「お姉ちゃん、ごめん……」

「謝るんならお父さんに謝りな。知らないよ、下駄も植木鉢もこんなにしちゃって」

「そうじゃなくて、その……」

指差す方に目を向けて、私は絶句した。

綿だと思っていたのは、私が可愛がっていたコマネズミだった。

「だってこいつ、いつも檻《おり》の中でグルグル回ってるのに、ちっとも前に進んでなくて、そういうのってノイローゼみたいだって誰かが言ってて、それで可哀想だと思って、下駄車に乗せてやったら喜ぶんじゃないかなって……」

誠治は必死に言い訳を始めたけど、私の耳には殆ど届かなかった。

手の平に乗せると、コマちゃんの身体はまだ温かかった。最初の激突でカプセルごと飛んで地面に叩き付けられたらしく、少し血を吐いているくらいで身体は綺麗なままだった。

留守だった両親には、下駄と植木鉢を壊したことを誠治から、コマちゃんが死んでしまったことを私から、すべて別々の出来事として報告した。弟のやったことを正直に言いつけても良かったけど、そういう気分ではなかった。彼を赦《ゆる》したわけではない。コマちゃんは帰って来ないという現実の前にはどんな言葉も無意味だったし、何より経緯を説明するのが馬鹿馬鹿し過ぎたからだ。

誠治とはそれから暫く口をきかなかった。喋ったのは数ヵ月後。ただしそれは、擱み掛かりながらだった。彼が、貯めていた小遣いで私にコマネズミを買って来たからだ。

「どういうつもり！」

私は両親の前だということも忘れて、誠治の肩を強く擱んだ。小さな箱を差し出す手が震え、はにかんだような笑みが一瞬で凍り付いた。

「代わりを買って来たから飼えって言うの？　どういう神経してんのよ！」

事情を知らない両親の目には、私は酷い姉に映ったと思う。夕食後の団らん中、可愛がっていたペットを亡くして元気がなかった姉に弟が新しいペットをプレゼントするという、本来なら微笑《ほほえ》ましい筈のシーンで、未《いま》だかつてないくらいの大声で怒鳴ったわけだから。

私自身、自分の怒り様に驚いていた。誠治の怯え方が尋常でなかったのも、両親が咄嗟には止めに入れなかったのも理解出来るくらい、とにかく酷い怒り方だった。でも止まらなかった。

掴んだ腕に更に力を込めて「なんとか言いなさいよ!」と肩を揺すると、誠治は失禁してしまった。そして、震える声でこう言った。

「だって僕、コマちゃんは作れないから、だから、これ買って、これ、買って来て、それで……」

「それで? 赦せって言うの?」

「ちょっと里美《さとみ》、やめなさい」

やっと母が割って入り、床を拭きながら事情を訊ねた。誠治は涙を流しながら下駄車の件を両親に説明した。私は何を訊かれても答えなかった。いつもなら私が反抗的な態度をとると叱る父も、その日はいまひとつ歯切れが悪かった。

「作ろうとしたんだよ、僕、コマちゃんを作ろうとしたんだけど、どうしても出来なくて……」

誠治の説明の中には、そんな言葉もあった。庭のコマちゃんを埋めた箇所の掘り起こされた跡が、野良犬や猫の仕業《しわざ》ではないのだと分かった。

代わりのコマネズミを買えば赦されると思ってるなんて、おかしい。母が言った通り

「せめて」という思いがあるのだとしても、そのニヤけた顔が気に入らない。五年生にもなって死んでしまったものが生き返ると思っているなんて、もっとおかしい。

怒るポイントが多過ぎて鉾先《ほこさき》をどこに向けていいのか分からないもどかしさも腹立たしく、私は何も言わずに自室に入った。

「お姉ちゃん。こいつの名前、コマの次だからネズでいい?」

夜、襖《ふすま》一枚隔《へだ》てた部屋から誠治の小さな声が聞こえた。何も答えずにいると、もっと小さな声で「ごめんね」と聞こえた。それが、誠治から私に発せられた最後の言葉になった。

罪のないネズは、誠治が面倒を見た。ネズの世話は彼にとって贖罪《しょくざい》のようなものだったらしく、ちっとも楽しそうではなかった。そんなふうに飼われることがストレスだったのか、ネズは二年足らずで死んでしまった。次に「ミ」が飼われることはなかった。

ネズが死んだ頃から、誠治は変わった。私とは視線すら合わせようとしなくなったし、両親ともまともに口をきかなくなった。外ではどうだったのか知らない。中学生になっていたので、思春期の男の子として自然な振舞いだったのかもしれない。

ガラクタを拾って来て何かを作る癖《くせ》は変わっていなかった。馬鹿でお調子者の小学生が正体不明の物体を作っていると笑えるけど、無口な中学生にやられると無気味《ぶきみ》だった。

誠治の変化が気にならなかったと言えば嘘になる。こんなに頑《かたくな》に弟を無視するなんて、私はちょっとおかしいのかもしれない。そう思ったこともあった。男きょうだいがいる友達に、それとなく兄や弟との関係を訊ねてみたこともある。すると、五分五分の比率で凄《すご》く仲がいいか口もきかないかのどちらかだった。だから私は『うちも珍しいわけじゃないね』と思い、少し安心した。

安心して、誠治の前ではいつも不機嫌な姉でい続けることにした。

うちのきょうだいが、いかに年季の入った不仲であるかという話をしたいわけではない。

何故こんな四半世紀以上前の悲しい出来事を思い出したかと言うと、目の前で喋っているニ人のママを見ていて、ふと下駄車とコマちゃんを連想してしまったからだ。

よく晴れた春の昼下がり、私は悟《さとる》を抱いていつもの公園にやって来ていた。いつものベンチの周りにいつものママ達が集まり、いつものお喋りが始まる。

「いいお天気ね」「また空き巣ですって」「あそこのコンビニのバイト、ムカつくよね」

「そのロンパース、可愛い。どこの?」

そんな当たり障りのない言葉を交わしているうちに、派手な形《ナリ》をしたアキちゃんママが

〃営業〃を開始する。

公園に集うママ同士のコミュニティには、お金のやり取りと子供を比較するような発言とセックスは持ち込んではならない。『球技禁止』より大きく看板に書いておいてくれてもいい。

旦那の会社で扱っている商品を私達に売り付けるなどもってのほかなのだが、アキちゃんママは芝生でゴルフクラブをフルスイングする親父のごとく、躊躇《ちゅうちょ》なくタブーを破る。自分の目標に真直ぐに突き進んで行くその様は、四つのタイヤが固定されていてスイッチが入れば直進するしかない下駄車だ。

ことごとく胡散臭《うさんくさ》い商品の中でも、本日のお勧《すす》め商品である浄水器はとびきり怪しい代《しろ》物《もの》だった。しかも最悪なことに、

「私の一存じゃあ、決められないですからぁ」

「この間もご主人に訊いてみるって言ってたじゃない」

「でも五万円でしょう？　ちょっと言い出し難《にく》くてぇ」

「だから、五人に紹介したら元は取れるって言ってるでしょ」

「そんなに高い物をポンと買ってくれそうな人、五人も知らないですしぃ」

「だ・か・ら、頑張るんじゃない。し・か・も、その人達も五人ずつ紹介すれば何人？

そう、二十五人。それがあなたの孫になるわけね。孫から先は売り上げの五パーセントがあなたの取り分になるのよ。孫が二十五人で六万二千五百円。ひ孫が百二十五人だと、三十一万二千五百円。何もしないでそれだけ貰えるんだから、最初の五万円なんか小さい小さい」

すっげぇマルチ。懐旧《かいきゅう》の情にかられそうにすらなる。

ターゲットにされているユウマくんママは、まだ二十代半ば。こういうのを知らなくてもしょうがないのかもしれない。

四歳の男の子がいるとは思えないほど若々しくて可愛らしいユウマくんママは、ちょっとした会話から察するに昔から真面目で学校の成績も良かったタイプのようだ。けれど、決して賢いとは言えない。逃げ口上はどれもこれも真っ当なのだけど、真っ当であればあるほど販促マニュアルを熟読しているであろうアキちゃんママには通用しないことに気付いていない。

下駄車の怒濤のラッシュに、物凄い勢いで頭を回転させて対応するものの事態を一ミリたりとも好転させられない彼女は、滑車《かっしゃ》を回し続けるコマネズミだ。

コマネズミが下駄車の口車に乗せられてネズミ講に手を出しそうになっている。乗ってしまえばあとは破滅するだけ。穏やかな春の日の午後、桜が綻び始めた公園の、なんて笑えない状況。

私が腰掛けているベンチは、大きなソメイヨシノの木の下にあった。

公道側に伸びた枝は剪定《せんてい》されているが、園内に伸びた枝はベンチに覆い被さるように伸びている。手を伸ばせば届きそうな位置まで垂れ下がった枝の先端には、陽当たりの加減か一足早く花弁を開いた桜が群れていた。

「どう？　初めて見る桜。綺麗でしょう」

その花を真下から見上げているうちに、憤《むず》っていた悟は静かになった。

一枚の花弁が舞いながら落ちて来た。規則的なジグザグの動きを、悟は懸命に目で追った。

花弁は寝汗で濡れた悟のおでこに貼り付いた。悟、人生初の寄り目に成功。喜びか驚きか、「あー」と一声。

芝生では、小さな子供達が遊んでいた。一人のママが面倒を見てくれている。他のママ達がお喋りに夢中になったりしている場合、大抵このダイちゃんママが子供達を見ていてくれる。

彼女は本当に面倒見がいい。ダイちゃんが生まれる前に保母さんをやっていたと言うから職業病的なものなのかもしれないけれど、彼女はとても優しい。職業柄、身に付いてしまう癖が優しさなら、それは素晴らしいことだと思う。

彼女は優しい上に賢い。そして賢い人の常で、少し猾《ずる》い。

暴走し始めた下駄車に、やんわりと注意するのはいつだって私の役割だ。ダイちゃんママもフォローは入れてくれるけど、決して自ら動き出そうとはしない。今だって、何かの拍子で泣き出した女の子を抱き上げてあやしつつ、ずっとアキちゃんママの方を気にしているのに。波風を立てたくないのは分かるけど、それは私だって同じなのだ。

彼女の息子ダイちゃんは、砂場でユウマくんと遊んでいる。人見知りが激しいユウマくんも、一つ年下のダイちゃんのことはお気に入りで兄貴分として振る舞う。芝生で「だー」「ぶー」言っているアキちゃんの方が、遥《はる》かに貫禄《かんろく》があるけれど。

アキちゃんの隣でぼーっと遠くを見ている楚羅くんは、ダイちゃんママがあやしている星羅ちゃんのお兄さん。名前から察せられる通り、二人のママは絵に描いたようなイケイケな女の子だ。まだ二十歳と言うから、楚羅くんを産んだのは十七、八の時ということになる。

髪も眉も真っ白に染めた彼女を、私達は羅々ママと呼んでいる。羅々ママは、こちらから話し掛けない限り殆ど私達と接しようとしない。今日も軽く挨拶しただけで、ジャングルジムに腰掛けてメールに夢中だ。我が子のことも眼中にない。

そんな彼女が以前、一度だけ声を上げて笑ったことがある。何かの話の拍子で、彼女の実母と私が同い年であることが判明した時のことだ。

羅々ママは「ウケるんだけど」を繰り返して笑い、ユウマくんママとダイちゃんママは「あらぁ」とか「へぇ」と、明らかにリアクションに困っているふうだった。アキちゃんママまで気を使って、羅々ママを「そんなに笑うことじゃないでしょ」と窘めた。

「いいのいいの、本当のことなんだから。驚いちゃう、ウケるよね」

私は咄嗟に羅々ママを庇《かば》った。そうでも言わないと、収拾がつかない気がした。笑いと動揺で妙な具合に固まってしまった空気がではなく、生まれて初めて「こちとら」という言葉を口にしそうになっていた私の感情の方がだ。

こちとら、悟を産んだのは四十歳を過ぎてからだ。色々な手段を試みて、諦めかけた頃にやっと出来た子だ。

最近やたらと怒りっぽいのだけど育児ノイローゼなのか更年期障害なのか分からない、などと笑いながら自虐《じぎやく》的なことを言っている私でも、ボコボコボコボコ子供を作る二十歳のヤンママに対して良い印象を持てと言われても無理だ。

二人の子供の父親が違うというのは噂に過ぎないし、欲望の果ての無計画妊娠というのもあくまで想像だし、ネグレクトと虐待の複合技だというのも、公園での態度から勝手にイメージしているだけのことだ。腹を立てるのは筋違いなのは分かっている。だけど、それでも無理だ。

詰まるところ、私は誰に対しても腹を立てている。

アキちゃんママの無神経さに、ユウマくんママの煮え切らなさに、ダイちゃんママの巧妙な狷さにも、羅々ママの奔放《ほんぽう》さにも。

たまたま近所に住んでいる、幼い子供を持つ者同士という共通点があるだけ。年齢も学歴も職歴も趣味も夫の収入も異なる間柄。所詮《しょせん》は、一瞬の付き合いで終わるちっぽけなコミュニティなのに、いつも私は周りに不満を持っている。

学校でも職場でも、家族の間でもそうだった。主人と二人でいた間はそうでもなかったけれど、悟が成長すると、またいつも何かに腹を立てているようになるのだろうか。

嫌だな、そんなの。

悟が視線を桜から私の顔に移して「あー」と言った。さっきとは違う、憤りだした時の声だ。ベビースリングから片手だけ出して、私の頬に触れようとしている。

私の表情から何か読み取るのか、肌の感触が硬くなるのか、それとも五感を超えた何かが伝わるのか、悟は私が何かに怒り始めたと感じるや、すぐに憤る。

「大丈夫、ママ怒ってないですよぉ。ちょっと自分にがっかりしてるだけですよぉ」

悟は言葉の意味を探るように、私の目を真直ぐに見つめ返した。

なんという目だろう。濡れた黒飴みたいな大きな瞳に、微かに桜の白が映っている。僅《わず》かに見える白目は、オープンカフェで見る白磁《はくじ》のように青味がかって輝いている。吸い込まれそうだ。あんなに臭《くさ》いうんちをする生き物の目とは思えない。

怯えているようで、挑んでいるようで、謙虚で、貪欲《どんよく》で。私のことを無条件に信頼し切っている。私の言葉を懸命に理解しようとしている。私が何をしようと、全てを赦す覚悟が出来ている。

そうだ。それがどんな種類の腹立たしさであっても、怒った数だけ赦さなければならない。何故なら、私もまた赦されているのだから。

あの日、私はそう考えた筈だ。そして、柔らかい笑みをたたえた人でありたいと思った筈だ。

季節は冬の初めだったけれど、ちょうど今日のような日だった。空は今日のように晴れ渡り、私は今日のように軽い自己嫌悪に陥《おちい》っていた。

筋肉の線維一本一本を目覚めさせるように、何度も足を平手で叩く。片足立ちになり、上げた足首を後ろ手に持って大腿直筋《だいたいちょっきん》を伸ばす。その場で激しく腕を振り腿《もも》を上げる。

そしてジャンプ。膝と足首のクッションを確認するように、強弱を付けながら跳ぶ。

これが、ピッチに入る直前の彼の儀式だ。

突然の交代でも、さんざんアップをした後でも、ラインを跨《また》ぐ直前のこの儀式は変わらない。

スタート直前のドッグレースの犬のようだ。初めて見た時、私はそう言って笑った。すると彼は、

「ピッチ上には、別の時間が流れてるんだ」

ニコリともせずにそう言った。

「すべてを瞬間的に判断しないといけないし、場合によっては頭の判断を待たずに身体が反応するくらいに準備しとかなきゃならない。だから途中出場する時は、心拍数と一緒にテンションもピッチの選手にシンクロさせなきゃならない。走ってる乗り物に飛び乗るような要領でね」

今日の儀式は、いつもより念入りだった。私にはその様子が、中盤でボールが落ち着かずプレーがなかなか切れないことに苛立《いらだ》っているようにも、様々な思いを身体に刻み込んでいるようにも見えた。

J1でもJ2でもJFLでもなく、その下のカテゴリーにあたる地域リーグの決勝大会

だった。全国に九つある地域リーグの上位プラスアルファ十数チームで争われ、ここで二位以内に入ればＪＦＬの下位チームと入れ替われる。

しかもその日は決勝ラウンド最終戦で、現在同率二位同士の直接対決という大切な試合だった。

監督が指示を出していても、彼は儀式を止めなかった。背番号11が、跳びながら何度も大きく頷く。

今まで何度、この儀式を見て来ただろう。

それも今日で見納めだった。

ようやくプレーが止まり、交代が告げられた。下がる選手に労《ねぎら》いのハイタッチ。弾かれたようにピッチに飛び出し、彼は数人の選手と言葉を交わした。

『アカセー　タイラー』

名前がコールされると、バックスタンドの片隅で一塊《ひとかたまり》になった数十人の応援団から「ア・カ・ベー！　ア・カ・ベー！」と鳴り物入りで声援が送られた。

後半の十七分。一対一から勝ち越しの二点目を上げた直後の交代だった。フォワードに代わって中盤の底に彼が入り、中盤全体が〇・五列分、持ち上がる。守備的ポジションを補充しながら、ワントップで三点目を取りに行く前がかりの布陣だ。彼を入れた意味は相手にも充分に伝わり、それが無言のプレッシャーとなる。

引き分けで終われば得失点差で相手チームが単独二位となる。当然、二点目を入れられた直後から相手は前がかりになってゲームを支配していた。

彼はよくこういうシチュエーションで投入される。ベテランとはいえ運動量は衰《おとろ》えていない。守備的なポジションで動き回るのが彼の役割だ。

「最終戦の頃、ちょうど休みだろ? 来てくれよな、絶対」

一次ラウンドを勝ち抜け、決勝ラウンドが始まるまで三日間だけ帰京していた彼は、そう言って私にチケットを渡した。試合のチケットではなく開催地への往復の航空券だ。試合は入場無料で行なわれる。

うちの会社を通せば航空券が安く買えることは、あなたも知っている筈なのに。そういう目で見つめると、彼はすぐに分かって「いや」と説明した。

「今回は俺が招待したかったんだよ。席も、関係者のシートに通して貰えるように頼んどくし」

「関係者シートなんかあるの? どうせガラガラじゃない」

私が笑うと、彼は少しムッとして間を置いた。そして真顔で言った。

「ちゃんと観てて欲しいんだ。最後だから」

早口でそう呟くと、パスタを頬張った。彼はシーズン中、炭水化物の摂取には神経質なほど気を使っている。だから珍しく外食に、それもなかなか予約が取れないことで有名なイタリアンの店に誘ってくれた時、余程大切な話があるのだろうという予感はあった。

そしてそれが、進退に関することであることも薄々勘付いていた。

この時、彼は二十八歳。地域リーグにも三十歳を超えて続けている人はいるが、やはり少数派だ。最終的には今のチームをディビジョン1でも2でもいいからJまで引っ張って行き、そこで現役を終えることが彼の目標だったが、あと数年でJFLの上位に食い込むようなチームになるのは現実的に考えて難しい。地域リーグでも一部と二部を行ったり来たりだった弱小チームが、この二年で決勝大会に出場出来るところまで来ただけで大したものだ。

そうか、決めたんだ。

胸の奥でそう呟くと、さっきのが酷く無神経な言葉だったことに気付いた。

「ごめん」

そう謝ると同時に、一つの疑問が頭を過《よぎ》った。

「その大会、二位以内に入ればJFLに上がれるんでしょ？　そこではやらないってこと？」

彼はさっきよりも言い難そうに「うん」と項垂れた。

「残念だけどな、もしそうなっても辞退するそうだ」

「どうして？　もったいない」

「ＪＦＬに入るなら、今のホームスタジアムを最低でも五千人規模に拡張するか、大きなところを借りるかしないといけない。それにシーズン中の試合も、今までと違って全国を飛び回らなくちゃならない」

「お金？」

「あぁ。チームはかなり気合い入れてスポンサーを探してくれたんだけど、しょうがない。なにしろ、ここ二年で急激に強くなったチームだからな。まずは今のリーグで常勝と言えるくらいの位置になって、数年かけてでも地域を盛り上げていって……」

「じゃあ、頑張ったって意味ないじゃん」

「それは違う」

「なんで？」

「上に行けるとか行けないとか、そういうことじゃないんだ」

「どういうこと？」

「どういうことって……そういうことだよ。昇格も降格も関係なく、とにかく優勝を目指すだけだ」

私には理解出来なかった。せめて一つ上のカテゴリーに上がって、それを置き土産にチームを去るというなら分かる。せっかく強くなったのに、彼のチームへの貢献云々《うんぬん》以前の問題で駄目になるなんて。それでは今まで、なんのために頑張って来たのか分からないではないか。

「やっぱり、意味ないじゃん」

もう一度言ったが、彼は視線も上げずに「ん」と頷いただけだった。

そして、口の中のパスタをペリエで流し込み「それから」と付け足した。大切な話は、まだ終わっていなかった。

カルパッチョの隣に小さな箱が置かれた。

「何、これ?」

「指輪。アディダスの」

「え?」

「うそ」

前々から用意していたらしき冗談は、今一つパッとしなかった。でもそれは、私があまりにも驚き過ぎていたせいだ。

「この大会終わったら、結婚してくれ」

口元をナプキンで拭《ふ》き、彼は改めてそう言った。

付き合い始めて丸三年が経った、冬の初めのことだった。

彼と出会ったのは所謂《いわゆる》、合コンというやつだった。

当時、私は国際線のキャビンアテンダントだった。よくある話で、同僚の一人がJリーガーと付き合っていて、それで彼氏披露という名の合コンのお鉢《はち》が回って来たのだ。但《ただ》し私は最年長の三十歳。人数合わせ兼保護者のような立場だった。

彼、赤瀬平《あかせたいら》はJ2の選手で、年俸は同年代のサラリーマンより少ないくらいだったけど一応はプロだった。MFであることは付き合い始めて知ったことだが、仲間内のポジションがMM《ムードメーカー》であることは会って五分で分かった。仲間達からは親しみを込めてアカべーと呼ばれていて、私達も三十分ほどでそう呼ぶようになった。

五つも若い彼と付き合い始めたきっかけは、実はよく覚えていない。簡単な出会いで始まり、気が付くと簡単でない関係になっていた。恋愛は、得てしてそういうものだ。

私達はとにかくよく話をした。彼は典型的な体育会系、私は学校も職場も女だらけの環境で育ったせいか、互いに共通点が少ないぶん興味が尽きなかった。例えばヨーロッパの話をしていると、私は歴史や名所やワインで彼はサッカー。見ている角度がまったく違うので、新たな発見がある。そんな感じで、話しても話しても話し足りなかった。

三十歳を超えて性格が変わるとも思えなかったが、昔から口数の少なかった私が、彼とだけは飽きもせず延々《えんえん》と喋り続けることが出来た。二人で一緒にいて黙っているのは、映画館とベッドの中くらいのものだった。

喋り過ぎが祟《たた》ったわけでもないだろうが、付き合い始めた直後に彼のチームはJ２からJFLに降格した。その時もまだ、最低クラスだが彼はプロ契約をしていた。

だが翌年のシーズン中に膝の十字靭帯《じんたい》を怪我して、解雇は免《まぬか》れたもののプロ契約は解除された。そしてチームが斡旋《あっせん》してくれた企業の社員になった。運送会社の事務だった。出場機会は減り、年収は同年代のフリーター程度に落ちた上、練習時間も激減した。

だから同棲を始めた動機は、一時も離れたくないという理由ではなく彼の生活のためだった。当時、私の収入は彼の四倍程度あった。

その年のシーズンが終わると、彼は出場機会を求めて移籍を希望した。怪我の影響かJ２からもJFL内からも条件の良いオファーはなく、関東リーグの弱小チームからの誘いに乗るしかなかった。

その頃になると、私の親しい友人達は口を揃えて「いいように利用されてるだけなんじゃない？」と言った。善《よ》かれと思って忠告してくれているのは分かったけれど、私はムキになって反論した。

そういうのではない。ただ一緒にいたいからそうしてるだけ。彼の職業や収入と付き合っているわけではない。我ながら三十三歳にもなって随分と子供っぽい主張だとは思ったけれど、それが偽《いつわ》らざる本音というやつだった。

なんとなく考えていただけのことも、一度口にしてしまうと突然リアリティを帯《お》び、その感覚が自己催眠めいた働きをすることがある。その時も、そうだった。

周りの人から見れば、彼はいい金づるを掴んでやりたいことばかりやっているヒモ野郎なのだろう。一方私は、若い男を捕まえて手放すまいと必死になっている三十路女で、しかもさげまんと言ったところだろう。

さげまんを否定するのは実証が難しいけれど、他の二点については自信を持って違うと言い切れる。だがそれは、二人の間だけで分かっていれば良いことだ。

そう思っていた。結婚を申し込まれるまでは。

「返事、困ってる?」

指輪を見つめて黙り込んでいた私に、彼が訊ねた。

驚いて顔を上げたが、なんと言ってよいのか咄嗟には分からなかった。ペリエの泡の音が聞こえるくらい、静かだった。

何を迷っているのか、自分でも分からない。青天《せいてん》の霹靂《へきれき》というわけでもないのに。ただ、このままでは何かがいけないような気がしていた。

「生活のこととか、やっぱ心配？　一応、そういうことも考えた上で……」

「あ、ううん。あんまり嬉しくて黙っちゃった」

彼は「そっか、良かったぁ」と、屈託のない顔で笑った。


そして、何がいけないのか分からないまま、私は決勝ラウンドが行なわれる九州の海辺の町までやって来た。

一万五千人が収容出来るスタジアムに、観客は百人に満たなかった。だが、今日ＪＦＬ入りを賭けて闘うのは関東リーグと東北リーグのチームだ。どちらも全国区であろう筈もなく、サポーター達は地元から遠く離れた九州の地までフラッグや横断幕を携えて来ているのだ。なんと熱心なと感心すべきだろう。

招待席はメインスタンドの中央、センターサークルを正面に見下ろす場所にあった。二十席ほどあるその囲いの中には、私のほかに初老のおばさんが一人いるだけだった。そのおばさんはブラウスに薄手のジャケットを羽織《はお》っているだけだった。その格好を見て、サッカー観戦に慣れていないことはすぐに分かった。暖冬とはいえ、サッカーが行なわれるような広々とした場所、それも観客が少なければ寒くて当然だ。海辺の町となれば風も強く、寒さは殊更《ことさら》厳しかった。

「どなたか、お知り合いが?」

試合前、軽く会釈をして二列後ろの席に座った私に、おばさんが訊ねた。慣れていない人は、こういう場所に一人でいると不安になって、誰でもいいから話し掛けたくなってしまう。私もかつてそうだったから分かる。

私が「えぇ」と答えると、おばさんは「そう」と微笑んだ。とても柔らかな笑顔だった。

幾つくらいなのだろう、ふと考えた。笑顔には若々しさを感じるけれど、化粧気は殆どなく目尻の皺《しわ》は深い。私の母くらい、還暦間近といったところだろうか。

膝の上にきちんと置かれた手にも皺が多かった。爪は黄色く、艶がない。農業か商業か何かの製造業か、幾年も働き続けた人の手に見える。専業主婦であっても、古い日本の家事を普通にやっていれば、こんな手になるのかもしれない。

「あの、良かったら、これどうぞ」

話のついでに、私は抱えていたベンチコートを差し出した。おばさんは「いえいえ」と断わったが、三度目の「どうぞ」で受け取ってくれた。

余程寒かったのだろう。おばさんはすぐにコートを羽織ると、前をきっちり締め、ポケットに両手を突っ込み、フードまで冠《かぶ》った。

「お知り合いが?」

同じ質問を返してみた。おばさんはその問いを『あなたみたいな場違いなおばさんが何故?』と捉えたようで、しきりに照れながらこう言った。

「えぇ、えぇ。私はサッカーなんて分からんのですが、まぁ、なんですか、最後だから観ておけと言うもんで」

思わず「え?」と声に出しそうになった。彼の母親だ。そう直感した。

彼は埼玉出身だけど、子供の頃に九州へ墓参りに行っていたと聞いたことがある。九州出身なのはお父さんだったかな、お母さんだったかな、忘れてしまったけれど、とにかくこの地と無縁ではない。

勿論、相手チームを含めて四十人以上いるから、他にも今日が最後の試合となる選手はいるかもしれない。彼の姿を求めてフィールドに目を向けると、ちょうど先発組に混じって試合前のアップを行なっていた。ボール回しをしていた彼もちょうど私の方を見ていた。親指を立てやがったので、それで確信した。よっぽど駆けて行って引《ひ》っ叩《ぱた》こうかと思った。

なるほど、いかにもあなたが仕掛けそうなサプライズね。けどこれは笑えないぞ、アカベー。

試合が始まった。

おばさんの方では私のことを聞いていないようで、呑気にサッカーのルールやなんかを質問してきたりして、私はその都度『息子が小学生からサッカーやってたらオフサイドくらい把握しとこうよ』などとは間違っても言わず、失礼がないよう丁寧に説明しつつ、同時に挨拶すべきかどうかを逡巡《しゅんじゅん》していて、そんなこんなで前半は殆ど試合に集中出来なかった。

そして後半十七分、彼の最後の儀式を私は恨めしい気分で眺めていた。

交代が告げられた時、さりげなくおばさんの方を窺うと、拍手をしていたけどそれほど力はこもっていなかった。名前がコールされたので、条件反射的に叩いているだけのようにも見える。斜め後ろからだったので、表情までは確認出来なかった。

これまで計三度あったゴールシーンも、どちらの得点であっても同じように手を叩いていた。

試合は、彼が入った後も相変わらずボールが中盤の狭い範囲でうろうろと落ち着かなかった。彼はマンマークとかパスコースを読むとかではなく、とにかくボールに向かって駆けずり回る。そういう役割なのだと聞いてはいるが、何度見ても大人の中に小学生が混ざっているようだった。

いつにも増して走り回っていた。この大会には延長戦はない。同点に追い付かれたとしても、ロスタイムを入れておよそ三十分。その僅かな時間で、この二十年のすべてを出し切ろうとしているみたいに見えた。そう見えるのは私だけで、彼はいつだってこうだったのかもしれないけれど。

自陣ペナルティーエリア近くで、彼がボールを奪った。ゴールを向いた状態で、背中に二人背負っている。背後の味方は見えず、バックパスも危険だった。どうする、そう思った瞬間、彼は鋭く反転した。芝が抉《えぐ》れて飛ぶほど、スパイクのエッジを利かせた急転回だった。

足下にボールはない。一瞬、相手の二人が動きを止めた。彼らを置き去りにして、ヒールで左後方に出したボールを自ら拾い直して右サイドを駆け上がる。二人、三人、四人に囲まれる。彼に引っ張られる形で、中盤にぽっかりスペースが空いた。味方が、彼の意を得たように一斉に動く。繋ぐか、長いのを出すか。スライディングを躱《かわ》し、短いフェイントを入れて、近い選手にパス。ワンツーで受けて更に自ら上がる、と見せ掛けてワンタッチでがら空きのゴール左へ低いボール。少し流れた。相手ＤＦが二人で行く。タッチの差で早く追いついた味方MFが慌てて上げた左からのクロスは、低く強いボールになった。長身のFWが頭から飛び込む。DFは追い付けずGKも反応し切れていなかったが、シュートはポストの僅か右に逸《そ》れてしまった。

ベンチとバックスタンドの芝生席から「あ〜」と溜め息が漏れた。監督がトラックに飛び出して、手を叩きながら大声で指示を出す。

彼は、明らかに他の選手よりも動きと判断が速かった。ただ今のは、残念ながら味方も含めて置いてけぼりにしてしまった。

だが、彼がボールを奪ってから二十秒ほどの間に起こったこの出来事によって、押され気味だった空気はガラリと変わった。相手も、もう迂闊《うかつ》に攻撃一辺倒にはなれない。

バックスタンドからは、シュートを外したFWへの声援があり、次いで「ア・カ・ベー！」というコールも上がった。

MFの選手が手を上げてFWと彼に詫びた。彼の意図を汲んで走り出すのがほんの一瞬だが遅れたせいで、難しいところにクロスを上げざるを得なかったという意味だろう。

彼はMFに向かって『悪くなかった』と親指を立て、FWには人さし指でゴールの右隅辺りを差した。『もう一度あるぞ』のサイン。

試合中、彼は自分のミスに怒ることはあっても、仲間のミスに怒ることは殆どない。

「昔はそんなことなかったし、今でも明らかに緩慢なプレーだったら怒るよ。けど、俺達はもうそういうレベルじゃない」

　今シーズンが始まってすぐ、素人目に見ても分かる仲間のミスで負けた試合の後で私が文句を言っていると、彼はそんなことを言った。

「守備でも攻撃でも、殆どの失敗はイメージが共有出来ていなかったから起こるんだ。だから、いくら俺一人が素晴らしい動きをしたって、最終的にミスだったなら俺もミスをしたことになる。今日のもそうだ」

　戦術や細かいテクニカルなことについては詳しく話したがらないのに、何故かその時だけは突っ込んだところまで喋ってくれた。

「サッカーはコミュニケーションの戦いだ。味方を気持ち良くさせてやり、敵をゾッとさせる。そういうゲームだ。だから、ボールが止まった時はもちろん、動いてる最中も絶えずコミュニケーションをとってる。自分とチームが出来ること出来ないこと、相手チームが出来るであろうこと出来ないであろうこと、そういうのを前提に、幾通りもある選択肢の中から最善の策を瞬間的に選ぶんだ」

　私が何気なく「ふ～ん、なんか難しいね」と言うと、彼はその時、フッと笑った。

「難しくなんかないだろ。普段、誰でもやってることだよ」

「え?」

「自分を知る、相手を知る、言葉や態度で気持ちを伝える。その気持ちがボールになっただけだ。時には大胆に自己主張したり、時には献身的にプレーしたりさ。たとえ味方がミスをしたって、何度でも赦してやる。何度でも信じてやる。チームは家族も同然、離れられない存在だからな。誰だって、やってることだろ?」

私はその時、何も答えることが出来なかった。

誰だってやっていること。何度でも赦してやる。何度でも信じてやる……。とてもシンプルなそれらの言葉が、私の胸の奥のポッカリ空いていた場所に突き刺さった。

「今のは、私でも凄いのが分かりますよ」

おばさんの声で私は我に返った。見ると、おばさんが興奮した様子で私を見上げていた。

「入らなかったけど、あっと言う間になんだか雰囲気が変わっちゃいましたもんね」

私は、気付かぬうちに立ち上がっていた。

やはり彼の母親なのだろうか。私はさぐりを入れるつもりで、こう言ってみた。

「今日は、膝の調子も悪くないみたいですね」

おばさんは「えぇ、えぇ」と頷いた。意味不明の問い掛けに適当に相槌《あいづち》をうっているようにも聞こえる。息子の好調を喜んでいるようにも、分からない。

「ひょっとして、あの11番の方がお知り合い？」

その問いに、私は再び「え？」と声を上げそうになった。私が知る限り、自分の息子を「11番の方」と呼ぶ母親はいない。

試合は、二対一のまま終わった。

彼はゴールもアシストもなかったが、あのワンプレーは最後まで影響した。地域リーグ決勝大会、単独二位確定。それだけのことなのに、ＪＦＬとの入れ替えも三位に譲られることは試合前から分かっていたのに、選手もベンチも数十名のサポーターも、まるで優勝したかのような喜び様だった。

バックスタンドに挨拶に行った後、彼はベンチに戻りながら私の方を見て左拳を突き上げた。そして、指輪はまだだけど左の薬指にキスしてみせた。

あぁ、これやりたかったんだ。馬鹿みたい。

と思ったら、他のチームメイト達も私の方を見て同じ仕種《しぐさ》をした。チーム唯一のブラジル出身の選手は、何か勘違いして揺りかごのポーズをしていた。そして最後に、彼を真ん中にしてみんなで横一列に並び、カーテンコールみたいに手を繋いで深々と一礼した。控えの選手も監督もコーチも混ざっている。みんな、夕食会とかシーズン終了後の打ち上げなどで一度は会ったことのある顔だ。

そうか、今日が自分の引退試合になることも私にプロポーズしたことも、試合前に伝えていたのだ。

みんなまとめて、ホント馬鹿みたい。

微笑ましい気分とは裏腹に、立ち上がって拍手していた私は腰を下ろした。「メールする」という合図をしながらロッカールームに向かう彼に、陽気なブラジル人が頭から水を浴びせていた。私は、軽く手を上げてそれに答えた。

また、あの気持ちが蘇《よみがえ》っていた。

何がいけないというのだろう。これまでだって、誰かと長く付き合っていて結婚を意識したことはあった。具体的な話になったことも二度ばかりある。三十三歳にもなれば自然な経験値だと思う。そんな時に、今のような気持ちになったことはなかった。何かをやり残しているような、迷いや戸惑いを感じたことはなかった。

妊娠と出産で私のキャリアの可能性が中断させられるかもしれないから？　サッカーを

辞めた彼の将来性への不安？　今日の試合に大した意味がないと感じてしまったように、彼との感覚の差を感じているから？

違う。それらは勿論大切なことだけど、付き合っている段階で既《すで》に考え続けて来たことだ。それでも別れなかったのだから、つまり受け入れている、覚悟は出来ているということだ。

彼を愛していないのだろうか。

愛なんて言葉は白々しくて嫌いな筈なのに、そんな根本的な疑問を自らに問い掛けざるを得なかった。

「ご結婚、なさるの？」

さっき、お調子者の若手選手が「サトちゃん、おめでとー！」と叫んでいたので、おばさんも気付いたらしい。「ええ、まぁ」と答えると小さく拍手してくれた。ベンチコートの袖が長過ぎて、あまり鳴らない拍手だったけど。

「もう、お子さまも？」

ブラジル人と同じポーズをしながら、おばさんは笑った。

「あ、いえ。彼は何か聞き間違えたんだと思います」

「そう。でも、おめでたいことには変わらんですもんね。おめでとうございます」

「ありがとうございます」

チーム関係者は去り、ピッチではジャージを着た大会関係者がフラッグやゴールネットを片付けていた。両チームのサポーター達もゴミを集め終え、バックスタンドから姿を消した。

私は、彼がシャワーを浴びて着替え終わるまで待っている。そのうち待ち合わせ場所を知らせるメールが入る。いつものパターンだ。けれど今日は最後だし、ロッカールームで盛り上がってるだろうから少し待たされるかもしれない。

おばさんも誰かを待っているのか、ポツンと座ってピッチを眺めていた。

「あの……」

「はい」

「どちらかのチームに、息子さんとかご親戚の方が出てらっしゃったんじゃ？」

「あ、いえいえ」

ピッチでは芝生の手入れが始まっていた。明日も何かイベントがあるらしい。ゴールが片付けられていたので、ラグビーの試合かもしれない。

搬入口から杖のようなものを手にしたおじさんがやって来て、芝生の上を慎重な足取りで歩き出した。トラックでは、若い男性がリヤカーを引いて待機している。

ダイエーホークスのキャップを阿弥陀《あみだ》にかぶったこのおじさんがおばさんのご主人で、今日の試合に招待してくれたのだそうだ。

「私はサッカーなんて分からんって何度も言うたとやけど、なんですか、最後だから観ておけ言うもんで」

それはもう聞いた。主語を言って欲しかった。変に緊張して損をしたではないか。

おじさんは造園業を営《いとな》んでおり、市からの委託でこのスタジアムがある公園の芝生や植栽一切の管理を任されているということだった。ところが昨年の暮れに体調を崩し、六十五歳という年齢もあって、公園の管理は若手に任せることにしたのだと言う。

「隠居なんかせん、個人宅の庭木の手入れくらい一生続けるばい、なんて言い張ってますんですけどね」

おばさんは凄く照れくさそうにそう言って、うふふ、と笑った。

おじさんが立ち止まり、指笛を吹いた。すると若手がリヤカーから新しい土と芝を取り出し、猛烈な勢いで駆けて行く。指導が厳しいのだということが、すぐに分かった。

ゴルフでダフったような穴なら、新しい土を入れて剝がれた芝をかぶせるだけだが、スライディングなどで激しく抉られた傷《いた》み方だと、バールで芝をめくり新しい芝を敷設《ふせつ》する。小振りな敷き布団くらいの大きさで、土と一体になった重いものだ。二人で踏み固め、おじさんはまた歩き出す。若い男は残って、芝の長さを周りと合わせる作業を始めた。

しっかり根を張り周りの芝に馴染むまでには、十日ほどかかると聞いたことがある。今日は応急処置といったところなのだろう。

その場所は、彼がさっきボールを奪って急転回を見せたペナルティーエリアの近くだった。

「名もない男の、引退試合だ」

航空チケットを渡しながら、彼がそう言ったのを思い出した。

もう一つの引退試合なのだ。そう思いながら、私もおばさんと同じようにフィールドを見つめた。

彼にチームメイトや熱心なサポーターがいるように、おじさんには若い後継者がいる。おじさんにこのおばさんがいるように、彼には私がいるべきなのだろうな。

そう思うと、おばさんのことが凄く知りたくなった。自己紹介もしていない、恐らくここを離れてしまうともう一生会うこともないだろうこの九州のおばさんのことが、とても近しい存在に思えてきた。

何か訊きたい。でも、時間がない。何を訊きたいのだろう。

「あのう……」

「はあい？」

「今でも、愛されてます？」

突然の質問に、おばさんはキョトンとした顔で私を見つめ返した。

なんという質問だろう。それに日本語も変だ。ご主人に愛されているか、ご主人を愛しているか、どちらの意味か分からない。

けれどもおばさんは、一生懸命考えてくれていた。

「そうですねぇ……よく分かりません。愛とか恋とか、そんなのは私達の頃にはなかったですもんねぇ。お見合いでしたし。年齢とか順番とか親戚の勧めとか、そういった流れで。田舎には、まだそういうのが残っとる時代でしたもんねぇ」

困らせてしまったみたいだ。

「若い頃は博打《ばくち》も女遊びもやったけど、どこでも珍しいことじゃなかったけん、今みたいに離婚なんて考えもせんかったとですもんね。赦したり受け入れたり、そんなこつばっかり沢山あったとですよ」

そう言って、おばさんは目を細めた。微笑んだのではなく、西日が眩《まぶ》しかっただけかもしれない。頬も、ただ夕陽に染められただけなのかもしれない。

「あ、ばってん、大切にはして貰《もろ》たと思おとりますよ」

今度のは、はっきりとした笑顔だった。なんだかもう、たまらなく可愛い笑顔だった。まいった。おばさんにそんな気はまったくないのだろうけれど、それらは全部アレだ。それこそ紛《まぎ》れもなくアレだ。

アレは不可解なものだ。一般的な日本人にとっては、使用頻度の割に理解度が低い言葉だ。それは恐らく、言葉が足りてなくて曖昧だからだ。

ポルトガルから聖書が入って来た頃、「カリダーデ」つまり英語で言う「love」という単語は、「御大切」と訳されていたらしい。その真意は、見返りを求めず、大きな切なさを覚悟することだそうだ。アレは、採用されなかった。アレが宛てられるようになったのは、ずっと後のことだ。

別に、クリスチャンでもなんでもないけれど、アレに白々しさや胡散臭さを感じる私は、調べたことがある。

慈《いつく》しむこと、受け入れること、そして赦すこと。

この歳になって、知らないおばさんに改めて教えて貰えたような気がする。

私には、それが欠けてる。だからこそ彼を求めたのだし、だからこそ不安になったのだ。

やっと、すべてが分かった。

「綺麗なものですねぇ」

おばさんはまたフィールドに目を向けて、呟いた。

綺麗な芝だった。Jリーグや日本代表の試合が行なわれるような立派なスタジアムではないけれど、芝はとてもよく手入れされている。冬の初めだと言うのに緑の濃淡で出来たツートーンは鮮やかで、縁取るように緩いカーブを描くトラックの茶褐色《ちゃかっしょく》とのコントラストも見事だ。バックスタンドの芝は傾斜があるせいかピッチよりも黄緑がかって見える。それが西日の影響で赤くなりかけた空に溶け込み、水彩絵の具のパレットのようだ。

それらの風景の中に、細身のおじさんの影が更に細長くなって伸びていた。

「もっと早くに来てみれば良かったばい」

「いいじゃないですか、これからもいらしたら。今度は、お二人ご一緒に」

おばさんは驚いたような顔をしたが、少し間を置いて「そうやね」と呟き、また笑った。

携帯電話が鳴り、私は「じゃあ、これで」と席を立った。

「お幸せにね」

最後におばさんはベンチコートを差し出しながら、そう言ってくれた。

なんという微笑みだろう。優しくて、柔らかくて、最強だ。

きっと、長年連れ添ったからという理由だけではないのだろう。どんな時間を積み重ねれば、こんなふうに柔和《にゅうわ》な顔で笑えるのだろう。

「ありがとうございます」

そう答えながら、私もいつかこんなふうに笑いたいと心から望んだ。

メインゲート近くで彼を待っている間、私は実家に電話をした。

「私、結婚することにしたから」

電話で、それもわざわざ実家から千キロ近く離れた町まで来てから伝えるようなことではなかったけれど、どうしても今、伝えたかった。

「それでね、誠治に言っておかなきゃって思ったの」

電話の向こうからはなんの反応もなかったので、私は続けた。

「あなた、昔は鬱陶《うっとう》しいくらい賑やかで、友達だっていっぱいいたのに、中学生になった頃から急に無口になっちゃったじゃん？　ずっと家に閉じ籠《こも》って変な物ばっか作って。それって、私のせいなんだよね？」

受話器越しにも、相手が動揺しているのが分かった。いかにも心の準備が出来ていないというふうで、何度も私に落ち着くように言った。

「取り返しが付かないのに、謝っても赦される筈ないのに、今頃になってやっと気付いたの。知らず知らずのうちに、私の方があなたに赦されたがっていたって」

一方的に喋っているうちに、受話器の向こう側も私の意を得たようで少し落ち着いてくれた。静かに私の言葉に耳を傾け、たまに相槌をうってくれた。

「本当はずっとずっと前から、あなたといっぱい話をしたかったんだって、最近になってやっと気付いたの。コマちゃんのこと、ずっと赦してあげられなくてゴメンね。私、今でもあなたのこと大好き。ゴメンね、赦して……」

『里美、あなた……』

受話器を強く握りしめていた母が、ふっと脱力した気配が伝わって来た。

弟は、高二の時に事故で亡くなっていた。

私は大学生で既に家を出ていたので、詳しいことは知らない。朝、起きるとブレーカーが落ちていることを不審に思った母が誠治の部屋を覗くと、彼はもう冷たくなっていたのだそうだ。

感電死だった。夜中にまた何か作っていて、何かに失敗して、何かに触れた時に感電したらしい。下手の横好きは、死ぬまで好きこそ物の上手なれにはなれなかったのだ。

父は「扱っている道具がなんなのかくらい、俺が少し注意していれば」と、母は「夜中に物音がしたのは覚えてる。あの時に私が気付いていれば間に合ったかも」と、自分達を責めた。通夜も葬儀も、その後もずっと、同じようなことを言っては泣いていた。時々、私があまりにも感情を乱さないことに不満を漏らすこともあった。

私は葬儀の時も涙なんて出なかった。ただ、同級生の参列者に泣いている子が少ないのを見て、やっぱり友達はいなかったんだなとか考えながら、遺族席でペコペコしていた。

母が遺影の写真を探していて気付いたそうだが、誠治の笑っている写真は小学生まで遡《さかのぼ》らなければなかった。本当になんであんなに暗い子になってしまったのだろう、母はそう言って泣きながら笑っていた。

詰め襟《えり》を着た遺影の誠治は、なんの感情も表われていない、それこそ死んだような顔をしていた。棺《ひつぎ》の中と大差ないその顔だけが、やけに印象的だった。

『帰っておいで。お墓参りしましょ』

電話の向こうで、母は優しくそう言ってくれた。それから、良かったとか嬉しいとか、そんな言葉を口にした。弟のことなのか結婚のことなのか私には分からなかった。多分、両方なのだろう。

近々、彼を連れて帰ることとお墓参りに行くことを約束して、私は電話を切った。

結婚後も、彼は当時勤めていた運送会社にそのまま残りフルタイムで働くようになった。

五年ほど経ち、働きながら夜は学校に通い、通信教育も受け始めた。そして一昨年、三度目の挑戦で健康運動指導士の資格を取った。今ではスポーツジムやリハビリテーションセンターで働いている。

二十八歳まで殆どサッカーしかやったことがないのに、大した努力だ。そう思いながら、私も仕事を続けて彼の後押しをした。

転職を機に、彼は私に仕事を辞めてくれないかと頼んだ。命令ではなかったけど、私は何も言わずに従った。共働きの方がずっと贅沢《ぜいたく》が出来た筈なのに、彼はそれを望まなかった。私もまた、その考えに賛成した。

勿論、ずっと夫婦仲が良かったわけではない。人並みに喧嘩もしたし、泣いたこともある。

あのチームが二年越しでＪＦＬに昇格した時は、彼が私に相談もなくドンペリを一ダースもお祝いで送ったので喧嘩になった。かつての後輩からの頼みで、盛り上げ役で合コンに参加し続けているのを知った時には、部屋中の物がかなり派手に壊れた。

練習のサポートや子供向けサッカー教室で休みが潰れることは、未だに少なくない。それについては、私も「好きだね〜」と笑っていられたけど。

でも、その習慣も今シーズンの決まっている予定を最後に終わってしまいそうだ。なにしろ、私もヒイてしまうほど悟にメロメロだから。

その悟が、私の腕の中で寝息を立て始めていた。

柔らかな春の陽が、桜色の頬や富士山みたいな唇の上で揺らめいている。幸せの重さである筈の六千五百グラムが、ちょっと苦痛な今日この頃。

他の子達も、春の陽に包まれて、たまに奇声を上げながら遊んでいた。

羅々ママはジャングルジムに腰掛けて、相変わらずメールを続けている。全身から力が抜けていて目も半眼なのに、右手の親指は物凄い勢いで動き続けている。剣の達人みたいだ。

ブラブラ揺れる彼女のサンダルの向こうでは、子供達の相手に疲れたのか、ダイちゃんママが項垂れてじっと地面を凝視している。

「だから、旦那になんか黙っててもバレないって」

「バレますぅ。だってこれ、食洗器みたいに大きいじゃないですかぁ」

「だからねぇ、なんべんも言ってるでしょう」

アキちゃんママとユウマくんママは、まだやっている。ここまで来ると、ユウマくんママの方がからかって楽しんでるようにすら見える。

「すぐに元取れるんだから、とっとと頑張って売れば旦那も何も言やぁしないわよ！」

アキちゃんママはそうとうキている。「ご主人」が「旦那」になると、彼女のリミッターが振り切れたサインなのだ。

そろそろ止めに入った方がいいのだろうな。

二人のためではない。あくまでも、いかがわしい仕事をしている父親と空気の読めない母親を持ってしまったせいか、一歳半で既に気苦労が絶えない中間管理職のような顔をしているアキちゃんと、母親似でとっても可愛いのに四歳になってもまだご挨拶が上手に出来ない、人見知りが激しいユウマくんのためにだ。

『神はあなた方を愛しています』なんて言われるとインチキ臭いけど、『神はあなた方を赦してくれます』って言われると妙にリアルだ。それと同じで、『汝《なんじ》の隣人を愛せ』なんて言われても無理だけど、『汝の隣人を赦せ』と言われれば、それくらいなら頑張ってみようかなと思えるしね。

赦さなければならない。何故なら、私もまた、赦されているから。

「別に、クリスチャンってわけでもないんだけどさ」

私はそう呟いて、悟を起こさないようにベンチからそっと立ち上がった。あの、九州のおばさんみたいな笑顔を作って。

バイ・バイ・ブラックバード

噴水の水はまだ冷たいらしく、子供達は恐る恐る手を浸《ひた》して奇声を上げていた。

一頻《ひとしき》り騒いだら母親の元に駆けて行き、拭いて貰うとまた噴水に戻って行く。一度やれば分かるだろうに、浸してはキャー、拭いて貰ってはキャー、何度もそれを繰り返す。

付き合い始めたばかりの男女の会話には、意味合いは違うにしても三年くらい同棲している場合と同じくらい沈黙が多いから、二人は基本的に黙ってベンチに座って、そんな子供達を眺めている。

そして、走り回る子供達に対する感情が微笑ましさから腹立たしさに変わり始める頃、どちらともなく、なんの脈絡もなく、話し始める。

でも、付き合い始めたばかりの二人は互いに腹のさぐり合いをするから、すぐに会話に詰まる。そうすると、どちらからともなく、なんの脈絡もなく、言葉のゲームを始める。

例えば、古今東西ゲームとか。

本日のお題は〃〇〇の聖地と呼ばれる場所〃。

「甲子園《こうしえん》、国立競技場、あと花園だっけ?」

私が定番を挙《あ》げて、

「日本武道館、両国《りょうごく》国技館、後楽園《こうらくえん》ホール」

彼はぶっきらぼうに武道格闘技系で返して来る。

「じゃ、マジソン・スクエア・ガーデン」

「アポロ・シアター、ヴィレッジ・ヴァンガード」

「う～ん、ウィーン国立歌劇場、マリインスキー劇場」

「マーキー・クラブ、ティン・パン・アレイ」

「エルサレム、コンスタンチノープル、伊勢神宮《いせじんぐう》」

「そういうのは駄目だよ」

「なんで？」

「だって、モロ聖地じゃん」

「なにそれ？　どういう意味？」

「花園ラグビー場もマーキーも、モノ自体はただの建造物だろう？」

「うん、だから？」

「だからぁ、いま挙げてるのは、いつどんな奴がそこに立つかっていう条件付きで聖地になる場所だろ？」

「う〜ん、分かるような分からないような」

「えっと、例えば甲子園なんか、秋の近畿大会と夏の兵庫県予選にも使うことがあって、運が良ければ弱小野球部でも試合は出来るらしいんだよ。でもそいつらは、聖地に立ってるとは言えないだろう?」

「まぁ、そうだけど……え〜、そんなに厳しいルールなのぉ? いいじゃん、伊勢神宮ぅ」

「まぁ、どうだっていいんだけど」

二人は、いつもの公園のいつものベンチに腰掛けていた。私は傍《かたわ》らに置いたトランペットケースのベルベットを撫で、瀬川《せがわ》さんは細く綺麗な指で器用にマウスピースを回していた。

瀬川さんは吹奏楽部のバンマス、私は同じ部の一年後輩だった。

うちの高校は普通の公立だけど偏差値的にはわりと高くて、勉強と生活指導には嫌になるくらい力を入れていた。そんな学校の常で、部活動にはそれほど熱心じゃない。

でも、瀬川さんが入部して数ヵ月後に、吹奏楽部だけは特別扱いとなった。

瀬川さんは、セミプロのサックスプレーヤーだったお父さんの影響で、幼い頃からピアノやドラムをやっていた。小学校の高学年からはトランペットも始めたが、いずれもお父さんとその仲間達から教わるくらいで、特に厳しく習わされたという感じではない。

本人も外で野球やサッカーをやっている方が楽しいタイプの少年だったから、小中学校では鼓笛隊《こてきたい》にも吹奏楽部にも入らず、たまにお父さん達の演奏に飛び入りして、よくある〝ちびっこミュージシャン〟としてお客さんを喜ばせる程度だった。

特に意識しないけれど、常に身近にある。音楽は、彼にとって空気のようなものだった。

そんな彼が、一度だけ意識的に音楽から離れた時期があった。

中二の時、お父さんが病気で亡くなってからの一年間、彼はトランペットに触れることはおろか、音楽を聴くこともなかった。

だが、周りがそれを放っておかなかった。

高校生ともなると、バンド活動をする友人が現われ始める。楽器が出来ることを吹聴《ふいちょう》しない代わり隠しもしなかった瀬川さんは、主にファンク・ソウル系のバンドに誘われるようになる。最初は固辞《こじ》していた瀬川さんだったが、喪《も》が明けたタイミングやお父さんの友人達の強い勧めもあって、幾つかのバンドで客演を請《う》け負《お》った。

真面目な高校だから、お酒を提供するような店で演《や》るのは校則違反で、瀬川さんは一年の夏休み明けに職員室に呼び出された。そこで色々と説教をされて、そして彼に言わせると「なんとなく流れ的に?」吹奏楽部に籍を置くことになったのだそうだ。バンドやなんかをやることを、反抗とか反逆とか社会への鬱屈《うっくつ》した思いの発露《はつろ》なんて思っている古い教師達としては、「あのバンドのホーンは凄い」という世間の評判を完全に取り違えてしまったらしいのだが、そういうことも瀬川さんにとってはどうでもいいことだったから彼は素直に入部した。

彼の入部によって吹奏楽部が変わってしまうまで、それほど時間は掛からなかった。クラシックの知識やストリングスの細かい技術を除けば、この変わり種の新入部員は、先輩や顧問よりも遥かに音楽全般に関する知識と技術を持っていた。金管楽器のテクニックに至っては、レベルが違い過ぎて誰もが舌を巻いた。

そんなわけで三年生が引退する秋頃には、彼は部の中心人物になっていた。表向き、バンマスは二年生が担当していたが、曲の選定や新入部員への指導は専《もっぱ》ら瀬川さんの役割となった。

三年生が引退して新編成で行なわれる初めての市内コンクールでは、勝ち抜くことよりも会場を沸かせることを目標にした。瀬川さんが無理にそう仕向けたわけではない。そもそも全国大会出場など不可能に近いので、だったら瀬川さんを中心に据《す》えて面白いことをやろうと、当時の新三年生が言い出したのだそうだ。

良くも悪くも吹奏楽部のセオリーを知らない瀬川さんは、それまでの当たり障りのない定番楽曲をやめてしまい、バディ・リッチやジミー・スミス、メイシオ・パーカーなどを部の編成に合うようアレンジして練習曲とした。必要であれば、ギターやベースをやっている非部員をゲストに招《まね》いたりもした。

なんとかジャズのカテゴリーではあるけれど、それは限り無くファンクに近かった。全国的に吹奏楽部でスウィング系のジャズを演ることが流行り始めていた頃だったが、これは明らかに新し過ぎた。

案の定、コンクールでは散々な結果に終わった。

だが、その直後に行なわれた文化祭では大いにウケた。ウケ過ぎた。吹奏楽部なのにコンダクターはおらず、誰もが好き勝手に演っているように見えて、そのくせ最初と最後のリフレインだけはピタリと息が合う。瀬川さんに言わせれば「簡単なトリック」らしいが、父兄も教職員も、その前に演った下手くそなビジュアル系バンドを観に来ていた女の子達も含めて、聴衆は大いに盛り上がった。

その聴衆の中に、たまたま地元新聞社の記者がいた。

その人が週末の文化面で大きく写真入りで取り上げたのがきっかけとなり、方々から取材や見学の依頼が来た。ローカルのテレビ番組では、顧問が撮っていたビデオの映像まで放映された。

翌日から学校には、早くも来年の文化祭の日程や吹奏楽部のコンクール出場予定、学校見学に関する問い合わせが殺到した。

それは十月のことで、つまり願書の締め切りにはまだ余裕があるとはいえ、中学三年生はとうに進路を決めている時期だった。にもかかわらず、年明けに届いた願書の数は創立以来最多となった。

公立高校とはいえ、この事態は嬉しくない筈はない。

そしてその時、テレビ番組を観て衝撃を受け、急きょ志望校を変えた中学三年生の一人が、私だった。

統率、統制、抑制、バランス、アンサンブル、そんなものは後から付いて来る。音の出し方さえ分かっていれば、あとは好きにすればいい。子供の絵と一緒だ。延々と基本を演っていると、胸の奥からなにかが突き上げて来る。或《ある》いは頭の上の方から、なにかが降って来る。そいつを捕まえろ。捕まえたら、絶対に離すな。

彼の指導は、いつもそんな感じだった。

抽象的過ぎて、正確なところは誰にも分かっていなかったと思う。私自身も、初めは「長嶋《ながしま》監督?」とか思った。

高校からサックスを始めた私は、明らかにみんなの足を引っ張っていたけど、先輩も同級生達も気にしなかった。瀬川さんも、平気で「下手くそ」とか言うけど、同時に「お前なら捕まえられる」なんておだててくれた。けなすのとおだてるのは、七対三くらいの比率。なんと言うか、クラクラするくらい絶妙なバランスだった。

入部して半年後、なんとか音が出せるようになった私は、初心者グループで野球部の応援用の『サウスポー』を練習している時に、瀬川さんが言っていた「捕まえろ」の意味を唐突に理解した。

涙が出るくらい嬉しくて、その日の練習後にダッシュで瀬川さんに報告に行って、けど言われてることが抽象的ならそういう感覚を体得したことを伝える言葉も抽象的にならざるを得なくて、じれったくて、私は本当に涙を流してしまった。泣きながら「ありがとうございました」を繰り返していた。

その直後、二人は密かに付き合い始めた。

瀬川さんは人気者だったから、私は学校ではあまり彼に近付かなかった。

デートは……ベンチに座って古今東西をすることをデートと呼べるならだけど……専ら、学校から一駅離れたこの公園だった。

瀬川さんは、学校ではみんなの指導や顧問との打ち合わせやなんかで忙しくて、殆ど吹かない。顧問も部員達もどこかで「あいつは天才だから」というふうに思っている節があるけど、それはとんでもない勘違いで、瀬川さんは台風でも直撃しない限り、毎日その公園で練習していた。

私だけに教えてくれた秘密だった。それを教えてもらった日から、私にとってはこの公園が聖地になった。

その日は、噴水の水盤がキラキラ輝いて、風は温かくソヨソヨと頬を撫で、桜の花弁がヒラヒラ舞っていた。

噴水に飽きた子供達が花弁を追い掛け回し、お母さん達が世間話に花を咲かせて、一羽のツバメが低空飛行で目の前を横切った。

自動販売機の商品はまだ半分くらい『あたたか〜い』の季節だったけど、空気も、時の流れも、私達の会話も、ぬるかった。

でも私達には、そのぬるさが心地よかった。必要だった。

私達はとても気が合った。出逢った瞬間から……少なくとも私は……恋人同士になるかどうかは別にしても、なにかを共有出来る存在だと予感した。

これは後から分かったことだけど、お互いに母子家庭だという共通点があったせいかもしれない。

穏やかな春の陽射しの中でパピコなんか分け合って、ほかにも色々分け合って、私達はなんとなく幸せだった。

ぶっきらぼうな喋り方も、少し猫背で歩く姿勢も、箸《はし》の持ち方が変なところも、私の名前を「リンコ」だと思い込んでいて「トモコ」だと指摘してもそのまま「リン」と呼び続けていることまで含めて、私は瀬川さんのことを、まるごと好きだった。

そこで終わっていれば、青春の一ページとしてはかなりいい線をいっていたのだと思う。

ただ残念ながら、時は進む。

私達は、眩しいほど輝く風景と心地よい気温の中で不安定にそよぐ花弁で、舞ってるうちはいいけれど、地面に落ちてしまえばただのゴミだった。

「よぉ、着いたぜ」

ぼんやりと昔のことを思い出していた助手席の私に、瀬川さんが声を掛けた。一年以上前のことなのにやけにリアルで、噴水の飛沫《しぶき》や弱い陽の香りまで感じていたのに、それが彼の声と同時に煙草《たばこ》と芳香剤の入り混じった嫌な匂いに変わった。

後部座席の美香《みか》が着信メールを見ながら「ヤバ、駅着いたって。あと五分くらい」と言うと、彼はくわえ煙草で運転席から飛び降りて私と美香を急《せ》き立てるように手を叩いた。

「さぁ、お仕事お仕事。リン、今日もよろしく頼むよ」

瀬川さんは美香と並んで階段を上る。私は少し距離をおいて、二人の後を追う。

大きなガラス窓から通りを見渡すことの出来る、繁華街《はんかがい》の中の喫茶店。午後四時の店内には空席が目立つけど、けっこう騒々しい。

騒音の源は、携帯片手に大声で喋ってる男。モロにその筋《すじ》っぽい人だ。隣でジャージの若い衆が二人、突っ立っている。離れた席では風俗店かなにかの面接だろうか、派手な恰好の女とオールバックの男性が話をしている。窓際の広いテーブル席ではホストふうの集団がうだうだ喋り、壁際の仕切りのある席ではサラリーマンが書類を繰り、奥のソファではゲイと思しきカップルが並んで座っている。

客層に恐ろしくまとまりがない。

店内を見渡した彼は、ソレっぽい人の死角になるよう柱を背負う席を選んで美香だけを座らせ、自分はすぐそばの窓際に移動。私は少し離れた別のテーブルで、美香を真横から見るような位置に着く。

やがて待ち合わせをしていた男がやって来て、美香が手を上げる。瀬川さんは携帯電話を操作する振りをしながら横目で男を見る。私はアイス・オ・レを注文して、文庫本を広げた。

男は、スーツを着たどこにでもいそうなオヤジだった。歳は三十前後を装った四十前後、身長百六十五センチ、体重七十五キロ、眼鏡あり、鬚《ひげ》なし、色白、やや茶髪、多汗症。

オヤジは美香と軽く挨拶して、メニューを手に取る。

「会社、抜けて来ちゃったよ。会うのは七時以降にしようって言ってた……」

半笑いでそんなことを言い、振り向いて店員に注文して、向き直ったところでオヤジの語尾が溶《と》ける。いつの間にか、美香の隣に瀬川さんが座っているからだ。

「どうも」

オヤジは状況が摑めないらしく、目の前の二人を交互に見た。それから取り敢えずゆっくり立ち上がろうとしたんだけど、瀬川さんの一言で観念して座り直した。美香には秘密にしていた筈の本名、しかも会社名と役職付きで呼ばれたからだ。

十九歳の青年と、一見大人しそうな私服の女子高生。二人と対峙《たいじ》する、メタボリックな若作りのリーマン。親子というほど年齢差はないし商談にも見えない。一見して奇妙な取り合わせだけど、平日のごく限られた時間帯なら、この店では特に人目を引くこともない。

「代理人」「強請《ゆす》る気はない」「惜《お》しかった」「あと六ヵ月」「悪い条件じゃない」

「安心していい」「よく考えて」

オヤジが落ち着いた頃を見計らって、瀬川さんは頬杖で口元を隠しながらゆっくりと喋る。私の耳には届かないけど、なにを言っているのかは分かる。

いつものことながら鮮やかな交渉だ。決して昂《たかぶ》らないし、恫喝《どうかつ》もなし。むしろ言葉の端々に、相手が目上であることを慮《おもんぱか》るニュアンスをちりばめる。

具体的な金額の話になって、私の出番がやってくる。と言っても、このこのこ同じテーブルに行くわけじゃないけど。

瀬川さんがまた携帯電話をいじる。今度はポーズじゃない。私からのメールを待っているサインだ。

私は再度オヤジを観察して、それから窓の外を眺める。店はテナントビルの二階にあって、ちょうど電線が窓を上下二分割するように走っている。

電線の上に、ムクドリが二羽とまっていた。椅子《いす》に座った私と、ほぼ同じ目線だった。二羽とも、どこを見ているのか分からない。ゴミ捨て場の様子を窺っているようにも、ガラスに映った自分達の羽の艶を確認しているようにも、私のことをじっと観察しているようにも見える。

突然、一羽がオレンジ色のくちばしを開いて〝ギャッ〟と短く鳴き、暗い灰色の翼を広げて飛び立った。もう一羽も、その後を追った。

私は二羽の姿が完全に見えなくなってから、請求額を送信した。たまに『×』とか『ヤバゲ』なんて打つ場合もあるけど、今回は『～30』と打った。

瀬川さんがその額を告げると、オヤジは少し愚図《ぐず》った。「嫁が気付く」とか「小遣い制」とか「家のローン」とか、言い訳を並べる。そんなのは妻帯者なら誰でも使う逃げ口上なので、瀬川さんも学習済みだ。

でも今回は、なにも言う必要はなかった。柱の向こうのソレっぽい人が、絶妙のタイミングで「ワレ人の話聞いとんのけ！」と怒鳴ったから。瀬川さんがあれこれ言うよりずっと効果的だった。偶然だけど、本日の助演男優賞。

オヤジは完全に勘違いして、頼んでもいないのに携帯電話を差し出した。美香が自分のアドレスや画像を消去するのを見ながら、隣の瀬川さんは『写メまで撮らせんなよ』という顔で笑っていた。

喫茶店を出てＡＴＭに行って、それですべて終了。

私は通りの反対、車の側で二人が戻って来るのを待ってる。ＡＴＭを出てすぐに解放されたオヤジはまだ状況が飲み込めないようで、暫く呆然と突っ立っていた。

喫茶店で瀬川さんが「どうも」と言ってからここまでのやり取り、およそ五分。まあまあのタイムだ。

徒《いたずら》に請求額を釣り上げず、現実的な線で手を打つこと。交渉は早めに切り上げること。まだ金脈があると思われても決して引っ張らず、一度で終わらせること。稀《まれ》に、図らずも懲《こ》りない同一人物と接触しそうになることがあるけど、その場合は速《すみ》やかに撤退すること。これが鉄則だ。

最初は、ちょっとした親切心から始まった。

クラスに彼氏と別れる別れないで揉めている子がいて、なんとなく相談に乗っていた私が、ほんの世間話として瀬川さんに話したのがきっかけだった。

吹奏楽部を引退して暇を持て余していた瀬川さんは、退屈しのぎのつもりでその男に話を付けてやろうと言い出した。

話は十分くらいで終わり、瀬川さんは男から十万円を貰った。

「援交だろう、どう見たって」

友達の彼氏というのは三十過ぎのおっさんで、瀬川さんが懸命に彼女の気持ちを伝えようとしたのに殆ど聞きもせず、近くのコンビニに入り、出て来たと思ったら封筒を胸に押し付けたのだ。

呆れている私と瀬川さんを前に、依頼主である私のクラスメイトは心底ホッとした顔をした。そして受け取った封筒の中身を数えて、半分を私達に渡した。

どうしたものか、この件は「切りたいオヤジがいたら瀬川さんが話を付けてくれる」という尾ひれが付いて広まった。

股《また》を開いているか否かの違いはあるけど、まぁいるわ。「え？　あんたまで？　そのオヤジに嗜好《しこう》を詳しく訊いてみたい」的なのも含めると、学年の二割近い女子がこの手のトラブルを抱えてることになった。サンプル調査による試算みたいなものだから一概には言えないけど、公立の中では比較的偏差値の高い方だと認知されてるうちの学校でこれだから、なんだか恐くなってくる。

だが、あまりの依頼の多さに辟易《へきえき》していた瀬川さんに、幸か不幸かお金が必要となる事情が出来る。

亡くなったお父さんは、仲間達と共同出資してライブハウスを経営していた。テナントビルの地下にある小さな店だった。瀬川さんも幼い頃から出入りして、幾度となくステージに上がっていた店だ。

そのビルのオーナーが借金のカタにビルを押さえられ、ある日突然、そのライブハウス

手放さざるを得ないだろう。

のテナント料が一気に倍になってしまったのだ。

もともと利益など二の次でやっていた店だったので、貯《たくわ》えなどない。口惜《くや》しいが、手放さざるを得ないだろう。

それが、子供の頃から瀬川さんの面倒を見てくれ、お父さん亡き後もなにくれとなく彼とお母さんを励まし応援してくれた仲間達が出した結論だった。

せめて常連客や家族を招待して、さよならライブを演りたいというのがメンバーの最後の希望だった。だがそれには、練習や告知の時間に最低でも一ヵ月が必要となる。テナント契約が切れるのは二週間後。せめて日割りで二週間の延長は出来ないだろうかと新オーナーに掛け合ったが、通らなかった。

新たに契約して一ヵ月のみ使用する分には構わない。但《ただ》しそうするなら、改めて敷金礼金を払ってもらわなければならない。

それが新オーナーの言い分で、そのためには機材のレンタル費も含めると三百万円近い金が必要だった。

新オーナーに文句を言ったところでしょうがない、ビジネスなのだから。仲間達はそう言って、さよならライブは日を改め、どこか適当な箱を借りてやろうということになった。

「適当な箱ってなんスか」

それに異を唱《とな》えたのが、瀬川さんだった。

「ほかの場所で演ったって、意味ないよ」

何人かが「気持ちは分かるけど現実的に」というようなことを言って瀬川さんを宥《なだ》めたが、

「そこには親父いねぇもん」

それでもう、誰も反論出来なかった。

「幾《いく》らですか。三百万あったら足りるんスか」

それから瀬川さんは、口が堅い知人を数人集めてちょっとした組織を作った。なにかあった場合、パニックにならないことが重要なので、集められたのは癖の強い奴らばかり。私を除いて、吹奏楽部の連中はいなかった。

ライブハウスの件は説明されなかった。後で私だけが聞いた話だ。

私と瀬川さんを除く六人は「よく分かんないけど面白そうじゃん」「援交バスターズってとこかな」「世の中のためかも」などと好きなことを言って、彼の呼び掛けに応えた。

私達は人の金銭感覚や貞操《ていそう》観念にどうこう言うつもりはないし、たとえ売春が犯罪でも「どうだかねぇ」以上のことは思わない。ゴミを投げ捨ててる人に、いちいち注意したりしないのと同じだ。つまり、頼まれればゴミを拾ってあげる、不法投棄でニュースになるような手に負えないのはお断りだけど、というスタンス。

瀬川さんは、組織内で格付けも名前も決めなかったが、簡単なルールだけは作った。その一、端《はな》から強請りを目的とした美人局《つつもたせ》はやらない。その二、相手の素性《すじょう》がはっきりしない依頼は受けない。その三、これだけで喰って行こうなどと考えない。以上。

それから瀬川さんは、これまで三件に一件くらいしか請け負わなかった依頼をすべて請けるようになった。そして、僅か半年で三百万円を手にしてしまった。

際限なく続く依頼の多さと、瀬川さんの手腕、そして社会的にはそれなりの立場にいるであろうオヤジ連中が保身に回る時のなりふり構わなさに、私もその他のメンバーも驚きを通り越して軽く笑ってしまったものだ。

「ねぇ、倫子《ともこ》さん。前から思ってたんだけど、君はなんのためにいるんだい」

その日の仕事が終わって行き付けのファミレスで金の分配をしている時、美香が冗談めかして訊ねた。

「えぇと、なんとなくでしょうか？」

それなりに合わせて答えると、美香は「なにそれ、答えになってねー」と笑い、私にストローの袋を吹き付けた。

ここのファミレスは住宅街に近い幹線道路沿いだから、平日の夕暮れ時はわりと空《す》いている。主婦達がぐずぐずのティータイムの延長戦に入っていたり、真面目そうな大学生がレポートをガリガリやったりで、私達はドリンクバーでお腹ガボガボだった。

今日は簡単に終わっちゃったから、美香にとっては私はいてもいなくても同じに見えたのだと思う。

「リンがいないと成り立たないんだよ」

携帯電話でメールのやり取りをしていた瀬川さんが、代わりに説明してくれた。

所謂、援交狩りという名の強請りは、相手のことをどれだけ把握《はあく》しているかが決め手になる。だから私達は依頼を受ける条件として、風呂に入っている隙とかに免許証や名刺を見て、相手の本名、現住所、職場、乗ってる車を調べておいて貰うことにしている。電車で触られたり、エスカレーターで写メを撮られたりした相手を強請る場合も、最低でも名刺は必須。会う前に、おおよその年収と暮らし振りを把握するためだ。

必要があれば見に行くけど、大抵の場合は住所だけで戸建てか分譲マンションか賃貸住宅か分かるし、車だって車種だけ聞けば相場は分かる。大きなローンの有無は、それでだいたい判断する。

親の借金を背負わされてるとか、大病を患《わずら》ってる子供がいるとか、そういう特別なケースも考えられなくはないけど、そんな危機的状況にあるなら援交なんかすんなよという話。知ったこっちゃない。

直接交渉は、相手の最もノーマルな状態を確認するために、平日の午後、突然の呼び出しで行なう。

スーツ、シャツ、靴、鞄、時計、指輪、爪、髪型、煙草。私はそれらを見る。短時間で、でもじっくりと、見る。

例えばスーツ、ブランドまでは正確に分からなくてもオーダーか否かは分かる。同様に、髪は散髪屋か美容院か、爪の手入れは爪切りレベルかサロンレベルか。それら、見ることで得られる情報だけで、だいたいの嗜好と生活パターンは読める。私はそこから、現実味のある請求額を弾き出す。

その額はいつも十万から三十万の間。原則即金。カードを持っていない場合は、その場で消費者金融に行って借りさせる。奥さんに詰め寄られたとしても、「接待費で落とせると思ったら経理に通らなかった」とか「ゴルフクラブを衝動買いしちゃった」とか、適当に嘘で誤魔化せるギリギリのラインだろう。

でもこれくらいなら、注意深く観察すれば誰だって判断出来る。瀬川さんだって、少し訓練すれば妥当な請求額を弾き出せる。

私の本当の役目は、相手が警察に訴えたりするか、或いはヤバい筋に繋がっていて報復に出るか否かを見極めることだ。出会い系で知り合った高校生に本気で惚《ほ》れる馬鹿タイプ、奥さんに嘘がつけなくてパニックになる小心タイプ、子供に舐《な》めた真似をされるのが許せないという「昔はワルでさぁ」タイプ、恥の感覚がまったく欠落してる勘違いタイプ。そういう性質を判断するのだ。

身なりや態度から得られる情報も大切だけど、それらは基本情報でしかない。最終的な判断は、臭《にお》いだ。

いつの頃からか、私は人がなにかどす黒いものを内側に溜《た》め込んでいるのが臭うようになった。香水とか整髪料とかじゃない。加齢臭でもない。実際に鼻の中になにかの臭いが飛び込んで来るわけでもない。なんとなく「臭う」という感じ。

合理的な根拠などないから、瀬川さんには「臭うんだよね」としか言っていない。

最初はさすがに、彼も信じてはくれなかった。

こういう仕事で初めてその臭いを感じた時の相手は、真面目で気の弱そうな三十代の大学職員だった。金は改めて渡すと言われたので、私達は言われるがまま指定された日時に指定された場所へ向かうことになっていた。

私は、空気がピンと緊張して、背筋が寒くなって、こめかみが痛くなるのを感じた。子供の頃から度々感じていた、とても嫌な感覚。久々だったからちょっと戸惑ったけど、すぐに『アレだ』と気付いた。

どう説明していいものか分からないながらも、私は瀬川さんに中止を提案した。でもちゃんとした理由などないから、彼は私がビビっているだけだと思い込み、一人で指定されたアパートの一室に向かった。

ボロアパートの空室で、相手の男は金ではなくなにかの薬品を用意して待っていた。硫酸だか塩酸だか分からないが、薄暗い部屋の中で瀬川さんはそれをいきなり浴びせられた。

真冬で良かった。コートは台なしになったが、幸い腕に軽い火傷《やけど》を負っただけで済んだ。瀬川さんは男を殴り飛ばし、逃げ帰った。

その後、その男がどうなったのかは知らない。その行為の動機も分からない。私達がずっと付きまとうタイプの強請り屋だと勘違いしてビビったのかもしれないし、相手の子を本当に好きだったからかもしれないし、精神的に病んでいたのかもしれない。

「ふーん、すっげーね、倫子センセー」

瀬川さんの説明を聞き終え、美香は半分馬鹿にしたような笑みで私を見つめた。この話をすると、だいたい誰でもこういうリアクションだ。私も、無理はないと思う。

オカルトチックでもなんでもいい。ただ、似たようなことがその後も三回ほど続いて、根拠はどうあれ瀬川さんは私を信用してくれるようになった。

「あー、くそッ。おっちゃん、文章下手過ぎだわ。わけ分かんねぇ。面倒臭ぇから電話してやろ」

美香に説明している最中もずっとメールのやり取りを継続していた瀬川さんは、苛々しながら席を立った。

おっちゃんということは、きっとライブの件だろう。

三百万円を手にした瀬川さんは、すぐに例のライブハウスを新たに借り直し、今は三日後に迫ったさよならライブの準備で忙しいのだ。

「堕《お》ちたねぇ、瀬川センパイも」

彼の背中が風除室に消えるのを目で追っていた美香が、感心したように言った。メールのやり取りを、新しい仕事の依頼だと勘違いしているようだった。

「ほんの一年前まで、学校中でヒーロー扱いだったのにねぇ」

私は「うん」と呟いて、毒々しい緑色をした液体をストローでかき回した。

「倫子が瀬川さんと付き合ってるのがみんなにバレた時は、すっごいバッシングだったのにね。今はもう同情オンリーだもんね」

踊るように沸き上がる気泡から目を上げると、美香は「いやいや」と取り繕《つくろ》って笑った。

「同情って言うか、心配してんだよ。瀬川センパイ、ずっとこんなこと続けて生きてくつもり？」

その言葉を熨斗《のし》を付けてお返ししたい気持ちをグッと堪《こら》えて、私は薄く笑って「う～ん、どうだろ」と曖昧に答えた。

美香は悪い子ではないのだけど、ちょっと中年のおばちゃんみたいなところがあるので苦手だ。心配とか言いながら、あとで私達がいないところで話のネタにするに決まっている。目標額には達したので、瀬川さんはもう新たな依頼は請けていない。でもそれを美香に教えると、駆け込み依頼が増えるのは目に見えていた。

「最初に勤めた会社辞めた後、なに目指すって言ってたっけ？　コロコロ変わってるんだよね？」

「最初がジャズ流すバーのオーナーで、次がホスト、その後はお笑い芸人で、今は政治家」

「あははっ、脈絡ねー。てか、どんどん現実味が淡ぁくなってるんですけど」

テーブルを叩いて笑う彼女につられて私も「だね」と笑い、視線を落とした。メロンソーダには、もう殆ど気泡が残っていなかった。

一年前の春の公園。あそこで終わっていれば、ちょっとした青春ドラマとして成立していたようなシーンには、ドラマとしてはとても残念な続きがあった。

スポーツや音楽を本格的にやっている子達がその道で名の知れた高校に行きたがるのは、優れた指導者のもとで実力をつけることはもちろんだけど、本当は「その後」の差が大きいからだ。

普通の公立で、ちょっと新聞に取り上げられただけで有頂天になってしまうようなうちの高校は、瀬川さんの進路指導にあたってなにをどうすべきかまったく分かっていなかった。

結局、コンクールでは一度も優勝は出来なかった。瀬川さんがバンマスとして出場した最後の大会では、特別賞を貰ったけれど、それも評価のしようがないから「なかなかユニークだね」ってことで与えられたようなものだった。

つまり学校にとって瀬川さんは、公式の実績がないただの人気者だった。

よく出来た指導者ならきっと彼の特性を踏まえ、名のある大学の指導スタイルやカラーも踏まえ、パイプがないにしても推薦状くらいは書いてくれるだろうけど。

学校側にとって彼の進路指導は祭の後片付けみたいなもので、普通の指導の延長、つまり推薦入試の特技の欄に「音楽（トランペット）」と書く程度のものでしかなかったというわけ。

「学校は関係ねぇよ。重要なのは本人の意志だろ？」

でも、顧問や学校に対して文句を言っているのは私だけで、瀬川さん本人はまるで他人事のようにそう言った。

「俺も〝紹介してくれるんなら考えます〟って態度だったしな。要は、ずっと音楽やってくって腹を括《くく》れなかったんだよ」

瀬川さんが迷っていることは、私には分かっていた。そもそも彼は、家庭に経済的な余裕がないから高校を出たら働くつもりだった。なのに偶然入った吹奏楽部で、大人達がよく口にする「可能性」とやらを見付けてしまった。瀬川さんの言葉を借りれば、彼はそれを捕まえるかどうか悩んでいたのだと思う。

奨学金とか特待生とか、経済的に苦しくても大学に進学する術はあった。大学など行かずにプロを目指すのだとしても、貧乏暮らしを覚悟すれば出来なくはない。しかし、パートで働いて高校を出してくれた母親のことを思うと、遠い将来の恩返しよりも目先の生活を考えてしまう。自分一人の問題ではない。

誰かが、ほんの少し背中を押してくれれば……。

瀬川さんがそう考えていたことは、私には分かった。そして、その誰かが私でないことも、痛いほど分かっていた。

誰かのせいにするわけではないけれど、そういうことって、とても多いと思う。

引退と同時に、彼を見る周りの目はガラリと変わった。『明るく快活でリーダーシップがある』という部分は『派手好きで騒々しくて自己中』、『自信家であると同時に努力家』って部分は『傲慢《ごうまん》であると同時に執拗《しつよう》』と改定された。

詰まるところ、人より少し高くまで舞い上がった瀬川さんは、風が止むと文字通り地に落ちた。風を利用して遠くまでいくこともタンポポの綿毛だったら可能かもしれないけど、薄っぺらい桜の花弁には無理だった。

結局、学校は一匹のロクデナシを社会に放り出しただけだ。

「ったく、ｂ４《ビーフオー》は最後だって言ってんのに……」

戻って来た瀬川さんが、ブツブツ言いながら私の隣に滑《すべ》り込むように座った。

「おっさんてのは、なんでこうワカモノに近付こうとするかね。メールが絵文字だらけで読みにきーんだよ」

美香が「ウケる～」と笑った。

「しかも若干キモいんだよ。キャバクラのねーちゃんとかとやり取りしてるから、候補ですぐ出ちゃうんだろうな。こないだ貰ったヤツなんか……リン、おい」

「あ、ごめん、聞いてる」

「大丈夫か？　顔色悪いぞ」

「そう？　別になんともないよ」

「だったらいいけど。お前、なんか最近おかしくね？」

おかしいのは瀬川さんの方じゃん。なにをそんなに浮ついてるの？

私はそんな言葉を飲み込んで、「ううん、なんでもない」と笑顔を作った。

グラスの内側に辛うじてしがみついていた気泡の一粒が、弱々しく揺れながら上って、弾けた。


自宅近くまで送って貰って、瀬川さんと別れた。時刻はもう七時半を回っていて、陽はすっかり暮れていた。

「シゲジィ、ただいま」

大きなコンクリート製の生け簀《す》の向こうで、シゲジィは「おぅ、遅いぞ。不良娘」と手を上げた。

祖父ではない。自分の家ですらない。

私は自宅に帰る前に、いつも向かいの家のシゲジィに挨拶する。幼い頃からの習慣だから、別に理由などない。

「飯、炊いてるぞ。喰ってくか？」

シゲジィに言われて、私は遠慮なく生け簀の横の自宅兼事務所に入った。

うちは私が小学五年生の時から母子家庭で、それからずっとお母さんは夜の仕事をしているから、早くに奥さんを亡くして一人暮しをしているシゲジィの家にお世話になることが多かった。晩ご飯はほぼ毎日一緒に食べたし、計算にXが出て来るまでは宿題を見て貰ったし、夏休みに海に連れてって貰ったこともあった。

私が中学に入ってからは晩ご飯を作ってあげたりニュースに出て来るカタカナ語の意味を教えてあげたりしてるから、まぁ関係としてはフィフティフィフティなんじゃないかな、と思う。

「適当に喰っといてくれ。味噌汁は鍋《なべ》、冷蔵庫に玉子入ってるから入れてもええ。漬け物と切り干し大根も冷蔵庫な」

勝手知ったるなんとかで、私は我が家以上にスムーズな流れでガスに火をつけて玉子を落とした。家に帰ってもお母さんはいないので、晩ご飯はここで食べることが未だに多い。

引き戸を開けてすぐのところにある事務所には、小さな事務机とファックス付きの電話、それから古いレコードプレーヤーとアンプがある。その向こうに昔の農家みたいに土間があって、そこが食卓と台所。更にその奥に茶の間と寝室があって、私はシゲジィが仕事中の場合は茶の間に上がってテレビを観ながらご飯を食べることにしている。

シゲジィの仕事は、鯉《こい》の飼育だ。品評会で大きな賞を貰ったことがあり海外から買い付けに来るマニアもいたそうだが、それも昔のこと。七十歳を少し越えた今は基本的に趣味の延長みたいなもので、あまり儲かってはいないらしい。

ちなみに、私にテナー・サックスを買ってくれたのもシゲジィ。高校生になったら吹奏楽部に入りたいと言うと、勝手に……と言うと失礼か。でも勝手に楽器を決めるのもどうかと思う……「入学祝い」と言って買ってくれたのだ。

シゲジィはジャズが好きで、育てている鯉達にもいつも聴かせている。本日の一枚は『ラウンド・アバウト・ミッドナイト』。事務所の窓に飾られているレコードジャケットには、さっき喫茶店で突っ立っていた若いチンピラの一人に似た人が写ってる。

今、流れている曲は『バイ・バイ・ブラックバード』。私も知っている曲だ。瀬川さんが現役の頃、コンクールや学園祭では演らなかったけれど、よく遊びで吹いていた。

瀬川さんはこの曲を「b４」と呼んでいた。

シューベルトやモーツァルトを聴かせると、鶏が玉子をよく産むとか野菜がよく育つとかは聞いたことがあるけど、ジャズってどうなんだろう。吹奏楽部の顧問は「クラシック音楽は動植物の生のリズムとシンクロしてるが、ジャズ、ブルーズ、ロックといった黒人独特のリズムをルーツとする楽曲はそれに反する。だからこそ高揚させられるんだが、お前ら妊娠したら胎教はクラシックにしとけ」とセクハラギリギリのことを言ってたけどな。

まぁ、よく分かんないのでいいや。

「まだアレと付き合ってるのか？」

生け簀の照明を落として事務所に戻って来たシゲジィは、厳《いか》つい手でキャップを脱ぎながらそう言った。キャップは当然のように広島カープで、〝アレ〟というのは瀬川さんのことだ。

シゲジィは吹奏楽部が話題になった頃から、彼のことを知っている。私が彼と付き合い始めた時には、何度からちの前で会ったこともある。

バンマス瀬川さんのことを「なかなかやりよる」と認めていたシゲジィだけど、人間瀬川さんのことはこれっぽっちも認めてはいなかった。

「しんどそうだな。なにかあったか?」

私はもそもそご飯を食べながら、聞こえない振りを決め込んだ。

「しんどそうだ」

もう一度、同じ言葉を繰り返した。私には、その言葉の意味は分からなかったけど、酷く気に障った。

「しんどい思いしてまで、付き合うことはないんじゃないか?」

シゲジィには、鋭いところがある。突然突拍子もないことを言うのは若干惚《ぼ》けの兆候も入ってるのかもしれないけど、とにかく時々はドキリとさせられる。

だから今回もなんとなく、シゲジィが言おうとしていることが、私が瀬川さんのことを変わってしまったと感じていることに関係があるような気がして、続きを待った。

シゲジィの座る椅子が〝ギシ〟と鳴った。

シゲジィには一人、息子がいる。孫も二人。遠くに住んでいるからなのか、それとも酷い喧嘩でもしたからなのか知らないけど、もう何年も会っていないそうだ。

孤独なのだろう。だから他人のことに首を突っ込みたがるのだろう。でも、いくら親しい間柄とはいえ所詮は他人なんだから、ここから入っちゃ駄目ってラインがあると思うのだ、私は。

シゲジィの言葉に、続きはないようだった。それとも、言いたいことはあるのに口にするのを躊躇《ためら》っているのかもしれない。椅子のきしみからそんな雰囲気を感じて、私の方が痺《しび》れをきらした。

「あのねぇ、子供の時から知り合いだしお財布もごっちゃになってる関係だけど、ただのご近所さんじゃん？　そんなに口煩《うるさ》いから、子供も孫も寄り付かないんだよ」

言ってしまってから気付いた。今回は、私の方がラインを越えた。

シゲジィは何も答えなかった。

平日の八時台なんかどこもくだらない番組ばかりで、気を紛《まぎ》らすことも出来なかった。少しばかり知識欲をくすぐるのがあったとしても、なぜかすべてがクイズ形式。芸能人が間違える。芸能人が正解する。一発逆転ラッキー問題。一喜一憂。もう、高校生ですら鑑賞に堪《た》えない。

テレビを消したら、いつもは気にならないポンプの音がやけに耳についた。

私は味噌汁で無理矢理ご飯をかき込んで、流しで食器を乱暴に洗い、その音をかき消した。

「もういい加減に忘れたらどうだ。人に頼らなくても、お前はとっくに自由なんだぞ」

水道の音が止まるのを待ってから、シゲジィは呟いた。

私は茶の間に置いてた鞄を取って、「なにそれ」とシゲジィを睨んだ。

「いない人のことは、もう忘れろ」

「なに言ってんのか分かんないよ」

私はそう言ってシゲジィの横を通り抜け、事務所を出た。

扉を後ろ手で閉めてから、小言が嫌で出て来た筈なのに『なんでもう一言を言わないかな』なんて思っている自分に気付いた。

一匹の鯉が、尾ひれで〝ピシャン〟と水を叩いた。

鯉達は、稚魚、中型、特別高価な種類、という具合に五つ六つの生け簀に分けられている。餌や水温の設定が違うのだそうだ。

事務所の一番近くにいるのは、大きいけど別に珍しくはないやつらだ。その中でも一際大きい真っ黒い鯉が、ぬら〜っと近付いて来てまた〝ピシャン〟とやった。

普段はなんとも思わないのだけど、この時だけはその無駄に威厳があって堂々としてて黒々したやつが、無性に憎らしく思えた。

そいつに「おやすみ」と呟いて、私は自宅へと戻った。


なるほど。

その夜、布団の中で真っ暗な天井を見つめながら私は思った。

あの鋭いシゲジィは、私が瀬川さんに惹《ひ》かれた理由に気付いている。

シゲジィが言った「いない人」とは、私の父親のことだ。

父親は、超が付くほどの真面目人間だった。趣味は仕事ですって顔に書いてあるような銀行員で、いい大学を出ていいところに就職すれば人生なんて簡単に成功するのだっていう幸せな時代に生まれ育った典型みたいな人だった。

自分の一人娘にも同じ道を歩ませようとしたのかもしれない。父親は、一人っ子の私にとにかく厳しかった。

低学年の時から門限があるのは当たり前。それも五時だ。子供は勉強だけしていればいいという考え方なので、私は放課後に遊ぶ時も父親の知り合いがいないかどうか、いつも周りを気にしてビクビクしていた。

成績が下がった、学校で怒られた、反抗的な態度をとった。そんなことがあると手を上げることも少なくなかった。幼稚園から小学校の低学年にかけては、よく家の外へ立たされた。

運悪く友達を家に呼んで遊んでいる時に帰って来たりすると、父親はその子の名前や住所、親の職業まで、根掘り葉掘り訊ねた。そしてどこかに気に入らない部分があると、本人に「うちには来ないでくれ」などと平気で言った。

そんな父親がいる家の子など、学校で孤立するに決まっている。私は小学二年生くらいからいじめられ、父親が望む通り家に籠って一人でいることの多い子供になった。

以後、私にはいつも周囲を気にする癖が付いた。家でも父親が帰って来る気配がすると、全神経を玄関の方に集中させ、身構《みがま》える。エンジンが止まり、サイドブレーキを引き、ドアを閉め、階段を上がって来る。玄関が開き、リビングに入って来て鞄をソファに放り投げ、私と母を見る。それぞれの音、態度、表情で、私は父親の内側にどれくらいどす黒いものが溜まっているか、そしてその日が怒られる日か否かを、ズバリ適中させることが出来た。

あの臭いの感覚は、そうやって身に付けたものだ。

私が四年生になった頃、父親は常にどす黒いものを胸の奥に隠し持って帰るようになった。その頃はもう頻繁に手を上げられたり外に立たされたりしなくなっていたのだけど、それは日々巨大化していくようでもあった。この人の持つどす黒いものというのは、臓器のように最初から身体に備《そな》わっているものなのだろうか。

そんなふうに思い始めた五年生の春、そのどす黒いものの正体が分かった。

父親が客の金を使い込んで逮捕されたのだ。

超が付く真面目人間が、四十を過ぎて女遊びとギャンブルにはまってしまい、ほんの出来心で年配の客の口座から自分の口座へ数万円を振り込んだ。いつバレるかとビクビクしていたが、何事も起こらなかった。それが癖になって、最終的には数十人の口座から数千万単位の金を盗んでいた。

そんな、どこにでも転がっていそうなつまらない横領事件だった。

両親はすぐに離婚した。

自宅は差し押さえられたが、シゲジィが近くにアパートを借りてくれた。新聞やテレビでも報道された事件だから、私を遠くに転校させた方がいいのではないかという話も出たが、私は別にどちらでもいいと答えた。もともと友達などいなかったし、なんとなくシゲジィの近くにいたいような気がしたから。

お母さんは随分と落ち込んでいたし、生活は大変なことになったけど、私は「もう自由なんだ」としか思わなかった。

ところが、焦《こ》がれていた筈の自由なのに、私は肝心の飛び方を知らなかった。まるで自由に空を飛ぶ鳥達を、恨めしそうに見上げている池の鯉だった。

さっきシゲジィが言いたかったのは、そういうことだ。

つまり、私を必要以上に厳しく育てようと拘束し続け、結局はケチな犯罪者になったあの男のことが、私の中では未だに燻《くすぶ》っている。ある日突然「今日から自由です」と言われても、私にはなにをどうしていいものか分からない。

そこに、瀬川さんが現われた。

瀬川さんは自由だった。音楽のジャンルとか、吹奏楽部の暗黙の了解とか、コンクールでの審査員のウケとか、様々なものから自由だった。

拘束を解かれ自由にしていいと言われながら、どうすればいいのか分からずに中学の三年間を過ごした私が彼に惹かれたのは、シゲジィに言わせれば必然だということだろう。

そこのところは認めてもいいと思う。

でも、私が未だに父親のことが忘れられず、それがずっと拘束されているのに等しいという部分は納得出来ない。ある日突然、姿を消して七年も会っていない父親に対する思いは、恨みとか憎しみを通り越して、今では哀れみになっているのだから……。

そんなことを悶々《もんもん》と考えて、真っ暗な部屋に目が慣れて天井の模様がはっきり見えるようになった頃、鍵の音がして台所の灯《とも》りが灯った。お母さんが帰って来たらしい。てことは、もう二時だ。

むしろ今も継続して憎いのは、今ガラス戸の向こうで缶ビールの蓋《ふた》を開けてる、このお母さんの方なんだけどな。

父親が私を叱ったり殴っている時、助けるでも止めるでもなく、ただ部屋の隅で怯えながら普通に家事をしていたお母さんを、私は忘れることが出来ない。

でも、いつか復讐してやろうなどとは思っていない。

今では普通に話をするし、母の日にはカーネーションくらい買って贈る。家事の殆どをやっている私を、母親思いと言ってくれる人もいるだろう。

それはそれでいいのだと思っている。憎みながら一緒に暮らし、なんとか家族している。どこの家庭だって多かれ少なかれそういった事情はあるもので……。

「まだ起きてるの？」

小さく咳払いをしたら、ガラス戸の向こうから声がした。

「ごめん、起こした？」

私はなにも答えずに布団から起き上がり、ガラス戸を開けた。

私は小さく「ううん」と言い、学校ジャージを羽織った。

「どこ行くの？」

「自販機」

「じゃあ、はい、お金」

「いらない」

「……そう」

私は自由だ。午前二時にサンダル履きで出掛けても、止められたりしない。アパートの向かいにある自販機で、飲みたくもないコーラを買った。深夜の通りに〝ガコン〟という音が響いて、遠くで犬が吠えた。

少し遅れて〝ピシャン〟と水を打つ音。

シゲジィの家の灯りは消えていた。生け簀の方も、真っ暗だ。

幼い頃、家を追い出されて泣いていると、いつもシゲジィが話し掛けてきた。そして生け簀の鯉を見せて、泣いている私の気を紛らわせてくれた。父親はよく「人の家のことは放っておいてくれ」と文句を言ったけど、シゲジィとその奥さんはいつも私を庇ってくれたものだ。

自分の意志で家を出た私も、その頃と同じように生け簀を覗き込んだ。あの黒くてデカい奴がぬら〜っと近付いてきて、またピシャン。

「偉そうにするんじゃないよ」

声に出して、言ってみた。

「生け簀の中でしか生きられないくせに」

黒い鯉は、身を翻《ひるがえ》して奥の方へ消えた。外灯の弱い光がウロコに映って、真っ黒な身体で白いラインになっていた。

私は、なにを苛立っているんだろう。シゲジィの言葉が気に入らないなら、シカトすればいいのに。

分かっている。シゲジィの言葉が、的を射ているからだ。

私は瀬川さんに幻滅しかけている。

危なっかしい金儲けをしていることではない。お父さんのためにもう一度あのライブハウスで演るという、こだわりに対してだ。

瀬川さんは、ただのちっぽけな地下室にこだわっている。その場所で演るという目標に、縛られている。

金を集める方法は別として、その目標は健全なものだろう。でも、私は幻滅しかけている。

彼もやっぱり生け簀の中でしか生きられない弱い鯉で、私は底の方からそんな彼の腹を見上げながら〝自由でいいなぁ〟なんて勘違いしていたことになってしまう。

彼が根っからの自由人に見えたのがお父さんへの思いがあるからだとしたら、私の父親に対する思いも一生付きまとうということになってしまうのではないか。そんなのはごめんだ。

だから今日、私は彼に一つ嘘をついた。

それがどういう結果を招くのか、深く考えもしないで。

私は自由だ。門限なんかないし、適当に勉強して適当に遊んでるし、表立っては使えないけどお金だってある。ウザい校則も残り数ヵ月だし。

それにシゲジィの論によれば、瀬川さんと付き合うことだって私の自由の筈だ。

死んだも同然の父親に無意識下で拘束されていたって、そんなの知ったこっちゃない。

私は自由だ。

だから私は、瀬川さんには内緒で、この間のメタボリックオヤジに会うことにした。

実は、あのオヤジは臭っていた。

まず勤めている会社が怪しい。不動産取引と健康食品販売と中古車販売、イベント企画や広告代理業までやっている。要はなんでも屋だが、それにしても幅が広過ぎる。

きっと会社の興《おこ》りは免許が必要な不動産と中古車で、けどうまくいかなくて金になることならなんでも手を染めるというスタンスに転換して、そのうち看板にはない裏の仕事にも手を染めていったというパターンだろう。

もちろん真面目なんでも屋もあるから、それだけでは私も断定出来ない。

でも、あの喫茶店で確信した。服装が不自然だったことや、表情は驚いてるのにテーブルの下の手や足がちっとも動揺の動きを示していなかったことや、瀬川さんのことを観察していた目や、その他諸々の事情により、このオヤジは芝居をしている。と、私は読んだ。

美香に聞いた番号に電話をすると、オヤジはすんなり会う約束をしてくれた。やっぱりだ。普通、一度強請られた相手から再度連絡が来ると、こんなにすんなり会おうとは言わない。恐らく瀬川さんと美香のことを捜していて、私から会いたいと連絡したのは渡りに船だったことだろう。

指定された場所は、駅裏のごちゃごちゃしたビル街の一角にある、扉に貸店舗の貼り紙があるバーだった。

店の前で待ってるとオヤジがやって来て鍵を開けた。ここも管理している物件の一つのようだ。

オヤジは、この前とはまったく異なる装いだった。スーツではあるけどネクタイはなし。シャツの胸を大きくはだけて、その首元にも指にもジャラジャラと光り物を付けている。銀縁眼鏡はサングラスに変わっていた。思った通り、女と会う時にはわざわざ大人し目の格好にしているようだ。

「また強請りに来たってわけでもなさそうだね」

暗い店内に入ると、オヤジは冷蔵庫を開けながらそう言った。あの喫茶店で、私のことには気付いていたようだ。それなら話は早い。でも、私の来訪の真意は測りかねているみたいで、オヤジはわりと優しい口調だった。

「えぇ」

「じゃ、なに?」

「えぇと……あの時の男、捜してるんですよね」

そう言うと、オヤジはカウンターに缶コーラを置き、私の顔をじっと見つめた。

「その、もし捜してるなら居場所を教えてもいいかなって。明日、あるところでライブをやるんです」

「ふ〜ん」

「でもその代わり殺したりはナシで、ライブを台なしにしてもらえればいいんです」

オヤジは「なんだよ、それ」と笑い、また私の顔をじっと見つめた。

「仲間割れ?」

「いいえ、別にそういうのじゃないです」

なにか考えるみたいに狭い店内をうろうろしながら、オヤジはもう一度「ふ〜ん」と言った。死角に回られたけど、カウンターの中の鏡で私のことを上から下まで見ているのが分かった。

　鏡の中で視線が合った。背筋がゾクリとした。

　オヤジは視線を逸らさず、関係ない話を始めた。

「若いのに、けっこう上手いことやってるなと思ったよ。どこにも迷惑が掛からない犯罪だし、繋ぎも手順も間違ってない。請求額も怒りを買うほどのもんでもないしな。どういう子が仕切ってんだろうと思ってたんだけど、こんな普通のお嬢ちゃんとはな」

「私、別に仕切ってなんかないです」

「捜す手間は省けたし、なんだか分かんないけどいいや。儲かれば」

「え……」

　言いかけたところで、店の中に陽の光が飛び込んで来た。

　驚いて振り向くと、入り口に別の男が立っていた。オヤジと違って、きっちりネクタイを締めた若い男だった。

「なんスか課長、こんなとこ……」

　言いかけた言葉が、私と目が合ったと同時に消えた。

　どっちだろう。警察に恐喝《きょうかつ》で通報する系？　ヤバい筋に頼んで金を奪い返してシメさせる系？

そんなふうに考えていたら、ネクタイの後ろからゾロゾロともっと若い男達が五、六人入って来た。前者の線は消えた。

男達は入り口のドアの前に壁のように並び、スツールに座った私を上から下まで見ながら「まじスか」とか「いいの？」「可愛いじゃん」「いくつ？」「捕まんの勘弁スよ」などと言い合った。

オヤジは私が「あの……」と言いかけたのを遮って、隅のソファに座った。

「いや、もういい。なにも言うな。報復とか金の奪還とか、ややこしいことはもうどうでもいい。あれは君らの勝ちだ。俺ら別にヤクザじゃねぇし、面子《メンツ》だの言わないから。その代わり最も金になる方法を選ぶ。俺ら、ビジネスマンなんで」

あ、後者でもない。これ、非常にヤバいんじゃないかな。

「こういう状況で最も利益が出るのは、お嬢ちゃん輪姦《りんかん》してるとこ動画撮って、ネット配信したりＤＶＤにやいて売り捌《さば》くことなんだよね」

マジで。やばくね？

「お嬢ちゃんも、探られたら痛いとこだらけでしょ？　人生の一時間だけ提供してよ」

オヤジの指示で何人かが外へ出た。「車、回しとけ」とか「事務所、客いねぇよな」とか「ビデオとカメラ、あるだけ用意しろ」なんて言葉が飛び交う。

若い男の一人が、私の手首を強く摑んだ。叫ぼうとしたんだけど、すくんじゃって声が出ない。私はカウンターのバーを握って抵抗したんだけど、別の男に引っ張られて呆気無く立たされた。

店の外に引き摺《ず》られるように出されて、目の前に用意されてた車に押し込まれそうになった。どさくさ紛れに、お尻とか胸とかいっぱい触られた。

「たす……けッ!!」

やっと三文字だけ叫んだその時、後ろから私のお尻を押していた男が横から脇腹にドロップキックを浴びて吹っ飛んだ。

驚いて振り返ると、瀬川さんが私を凄い目で見下ろしていた。

「あの、これは、その……」

私の言葉なんか聞こうともせず、瀬川さんは私の頰を打った。半端ない、全力のビンタだった。

路地の隅のポリバケツまで吹っ飛んでいたお尻担当の人がやっと起き上がって、脇腹を押さえながら「てんめぇ……」と唸った。

瀬川さんは「すんません!」と叫んでその場で土下座をした。人を三メートルくらい吹っ飛ばしておいて土下座してる人なんか生まれて初めて見たよ、なんて感心してたら私も腕を引っ張られて頭を押さえ付けられて付き合わされた。

ビル街の狭間の路地とはいえ、昼日中にこんな騒動を起こせば警察が来るかもしれない。瀬川さんとしてはそれも狙《ねら》いだったのかもしれないけど、オヤジもその辺はわきまえていて、小突き回している男達を制して私と瀬川さんを店内に引きずり込んだ。

「すんませんでした！　こないだの金、全部返します！　だからこの子、返して下さい！」

ついさっき、報復行為など面倒なだけだと言っていたオヤジも、対象が目の前に現われれば話は別らしい。床から数センチのところにある瀬川さんの顔面を、革靴で思いきり蹴り上げた。

仰向けにひっくり返った瀬川さんは切れた眉間《みけん》を押さえて立ち上がり、また床に手を突いて同じ言葉を繰り返した。

オヤジはその態度を見てなにやら考えていた。そして瀬川さんだけが残されて、私は店から追い出された。

私は少し離れたところから、じっと店の入り口を見つめながら瀬川さんが出て来るのを待った。警察に電話しようかとも思ったけど、そうするともっと酷い事態になるような気がして、そうすると瀬川さんが身体を張って助けに来てくれたのも無駄になってしまうような気がして、でも心配でしょうがなくて、子供みたいに膝を抱えて泣いてるしかなかった。

私、なにやってんだろう。まるっきり馬鹿みたい。

人目につかないようにゴミだらけのビルの隙間に入って、私はずっとそんなことを考えていた。

道路の上をチョンチョン歩いていた一羽のカラスが、隙間の前を横切ろうとして私を二度見した。初めて見た、カラスの二度見。

カラスは首を捻りながら近付いて来て、〝ガァッ〟と鳴いた。たぶん『そこは俺の場所だ』だと思うけど、その時の私には『泣いてるのか？　大丈夫か？』に聞こえた。

夕方になって、瀬川さんはボロボロの状態で店から放り出された。

傷だらけの瀬川さんを見て私も驚いたけど、彼も私を見て驚いていた。

私はビルの隙間で、大量のカラスに囲まれながら彼を待っていた。

「あのひゃあ……」

フラフラになりながらも、彼は突然ドロップキックとともに現われた経緯を説明した。

私がオヤジの電話番号を訊いたので、なにかあると勘付いた美香が瀬川さんに電話して、それでオヤジの会社の近くを血眼《ちまなこ》になって捜したということらしい。

美香はこういうことに鈍いと踏んでたんだけどなぁ。もしなにかに気付いたとしても「あたし、関係ないし〜」って流すと思ってたんだけどなぁ。私もまだまだ人を見る目がないや。

瀬川さん的には、臭いを感じ取れなかったことに責任を感じた私が、単身乗り込んでなんとかしようとしたというふうに勘違いをしているみたいだった。

もう喋んなくていいよ。口の中切れちゃって、唇も腫れ上がって、なに言ってんのか分かんないし。

「悪ぃ。俺らの金、全部渡ふころになっら」

なに言ってんだよ。いいよ、そんなもの。

「金、明日のライフに使っりまっらから、また援交狩りしなひゃ」

もういい。喋んなくていい。

私は、なんてことをしてしまったんだろう。

泣きじゃくる私を下から見上げながら、瀬川さんは涙を拭ってくれた。

「それからひゃあ……」

「え？　なに？」

「こいつらなに？　お前の友達《ともらち》？」

そう言われて周りを見ると、カラスは更に増えて私達を取り囲んでいた。電線にもガードレールにも路上にも夥《おびただ》しい数のカラスがいて、鳴くでもなく飛ぶでもなく、ただ私達をじっと観察していた。瀬川さんを巨大な生ゴミだと判断して、息絶えるのを待っているみたいだった。

私の敵意を察したのか、近くにいた一羽が〝ガァッ〟と鳴いて黒い翼を広げた。すると、すべてのカラスが一斉に大声で喚きながら翼を広げたり電線から急降下したり、ガードレールの上でピョンピョン跳ねたりし始めた。

「うるさい！　来んな！　あっち行け！」

私は傍にあった空のポリバケツを振り回して、カラスどもを追い立てた。私が急に立ち上がったものだから、支えがなくなった瀬川さんはアスファルトに側頭部をぶつけてしまった。

「いでぇよ、急に離ふなよ……」

「あ、ごめん」

抱き締めると、瀬川さんの首筋は血と汗が入り混じった、錆《さ》びた鉄のような臭いがした。

瀬川さんと二人で子供達を眺めていた高二のあの日から、八度目の春が来た。

私はあの日と同じように公園のベンチに腰掛けて、子供達を眺めている。あの日と同じように風は穏やかで、その風に乗って桜の花弁も舞っている。

違うのは、ここがあの噴水のある公園ではないということ。隣に瀬川さんはいないということ。それから、微笑ましさが腹立たしさに変わったりしていないということと、眺めているのが息子の優馬《ゆうま》だということだ。

私はカラスの大群に囲まれてから三年後に結婚をし、優馬を産んだ。

そうだ、優馬という名前でシゲジィを思い出した。

シゲジィは元気だ。それはもう、嫌になるくらい。八十歳だというのに矍鑠《かくしやく》としていて鯉の養殖も続けていて、たまに会うと相変わらず小言を言う。

私の結婚披露宴では周りが笑っちゃうくらいぐずぐずになって泣いて、招待したことを後悔した。優馬が生まれた時は頼んでもないのに『命名 鯉太郎《こいたろう》』って書いた紙を病院に持って来て義父と喧嘩になった。どんだけ好きなのよ、鯉が。

お母さんは、夜の仕事を続けながら私を短大まで行かせてくれた。今ではもう、私はあの頃のようなどす黒い思いは抱いていない。本当に、感謝してる。

そう、どす黒いと言えば一つだけちょっと残念なのは、あの日から例の臭いの感覚がなくなってしまったことだ。

あの時、酷く殴られた瀬川さんは、前歯を折り唇を切ってしまった。前歯と唇はトランペット奏者の命だ。傷口が塞《ふさ》がり前歯は差し歯にしたとしても、音色はまったく別物になってしまう。

血だらけの彼の口元を見て、私はすぐにそれが分かった。

翌日に決まっていたライブは日程をずらすことも出来ず、彼は聖地に立てなかった。

私は、なんてことをしてしまったんだろう。そう思って、ぼろぼろに泣いた時から、例の臭いの感覚はなくなってしまった。

物心ついた頃から身についていた感覚が消えるのは、なんだか妙な感じがする。

たまに知らない人と喋る時に試したりするんだけど、どうも上手く蘇って来ない。おかげで、新聞の勧誘とかキャッチセールスの人と長時間話をするという、変な癖がついてしまった。

この公園に集うママ達とお喋りする時も、よく試す。最も頻繁に試験台になってくれるのが、アキちゃんママ。ブランドものに身を包んではいるけど、殆どが偽物。たまにびっくりするくらい高価な本物を持っていたりするけど、それはアキちゃんのベビーカーだったりロンパースだったりするので、恐らく実家のお爺ちゃんとお婆ちゃんからの贈り物だ。

アキちゃんママのご主人は、あのメタボリックオヤジみたいに謎だらけのなんでも屋に勤めているみたいで、化粧品から中古マンションまで、とにかく色々な物を扱っている。そしてアキちゃんママは、公園に集うママ達にそれを勧めまくる。残念ながら、誰も相手にしてくれないけど。

「ママぁ、これ見て」

芝生の上でお友達と遊んでいた優馬が駆け寄って来て、グーにしていた手を広げた。桜の花弁が入っていた。

「わぁ、綺麗だねぇ」

「でしょ〜」

父親によく似た笑顔で、優馬は得意げに笑った。言葉も遅くて引っ込み思案だったけど、この公園で一つ年下のダイちゃんという友達が出来てから、彼はとてもよく喋るようになった。

彼の父親は、瀬川さんではない。

瀬川さんとはあの後も暫く付き合って、その関係は以前よりも良好なものだった。

結局、環境の変化↓すれ違い↓男の浮気↓喧嘩、みたいな展開で別れてしまったけど、私はとても大切なことを教えて貰ったような気がしていて、今でも瀬川さんに感謝している。今はどこで何をしているのか知らないけれど、たまには思い出す。その度に、ちょっと痛いような嬉しいような感じがする。

優馬の父親は、短大時代の同級生。ありがち？　そこは放っておいて欲しい。瀬川さんに似たところは、まったくと言っていいほどない。ごくごく普通で、ごくごく真面目で、笑えない下ネタと食事中のオナラさえなければ、すごく素敵な人だ。

「はなびら、だいかいて～ん！」

優馬が意味も分からず、その笑えない下ネタの一つを叫びながら芝生に戻って行った。そういうのやめなさいって言うんだけど、余計に喜んで連呼する。ダイちゃんママ、顔が引きつってるし。

お、本日もやってまいりました。アキちゃんママ。

今日はなんでしょう？　ほぉ、また浄水器ですか。

やっぱり分からないなぁ。あんまり話を引っ張ると迷惑かな。でも面白いからもうちょっと話を聞こう。

私の感覚が薄れたわけじゃなくて、最近では誰もどす黒いものなんて持っていないのかもしれない。

いや、そんな筈はないか。

けど、そういうことでもいいんじゃないかな。

私はそんなふうに思いながら、浄水器の説明に耳を傾《かたむ》けた。

アミカス・キュリエ

「ホント大丈夫？　母さん呼ばなくて平気？」

玄関で靴を履きながら、亜希《あき》はまだそんなことを言っていた。

俺はパジャマ姿のまま寝癖頭を掻いて「いいからいいから、楽しんで来な」と見送ったが、顔を洗って歯を磨き、コーヒーが落ちるのをぼーっと見つめていたら電話が鳴った。

『言い忘れたんだけど』

「なんだよ、遅刻するぞ」

『なにかあったら電話してね。電源入れとくから』

「はいはい。式の時だけは切っとけよ。披露宴もマナーモードな」

俺は笑ってそう答えたが、内心ちょっと凹《へこ》んだ。

もともと心配性なところがある亜希だが、それにしてもちょっと度が過ぎないだろうか。

亜希が友人の結婚式に出席することになったので、俺は初めて育児休暇なるものを取った。二ヵ月も前から決まっていたことなのに、昨夜になって彼女は急に義母に来て貰おうと言いだしたのだ。

二次会に参加しても六時には帰って来られるだろう、たった半日のために義母の手を煩《わずら》わせることもない、俺だってオムツ替えはしょっちゅうやっているし離乳食の冷まし具合やスプーンの傾け具合も学習済みだし、母乳はさすがにあげられないが、ほ乳瓶の吸い口がお気に召さないようなら俺のを吸わせてやることもやぶさかではない。

昨夜はそういう話をして、亜希も「トラウマになるって」と笑っていたのだが。

「俺って、そんなに信用ない？」

電話を切り、ベビーベッドに向かって自嘲《じちょう》気味に言ったら、クマの形にくり貫《ぬ》かれた穴の向こうから「だー」と聞こえた。ドイツ人なら更に凹んでいるところだ。

ミルクよし、お粥《かゆ》＆野菜ペーストよし、オムツよし、ウェットティッシュよし。対面型キッチンの中から見えるよう、ダイニングテーブルとベビーサークルの移動も完了。スツールに座り、換気扇の下で煙草をくゆらしながらゆっくり読書でもしよう。昼過ぎにはピザでもとって……おぉ、ビールとか飲んじゃっても誰にも文句は言われないではないか。うむ、贅沢な休日だ。

だが、亜希の心配が決して大袈裟《おおげさ》でないことは、それから僅か一時間ほどで分かった。

乳児を世話する労力を舐めていた。

考えてみれば、半日も俺一人で子供の面倒を見るのは初めてのことだ。平日はあやしたりオムツを替えたり風呂に入れたり、そういうことを瞬間的にやってきただけ。休日でも、せいぜい亜希が買い物に出掛けている一時間、長くて美容院の二時間程度だ。

しかもウチの子は、双児《ふたご》なのだ。

奴らは、目覚めた瞬間から活動を開始した。『腹が減った』『オムツ替えろや』『抱き上げて軽く揺すってくれたまえ』。それらの要求がランダムに繰り出される。たまに『なんか分かんないけど気分悪いから泣いとく』というのもある。

二人同時に憤《むずか》ることはあっても、同時に大人しくしている瞬間はない。ツープラトンで攻めてくる場合も、要求が別々だったりするのでややこしい。子供らに罪はないが「せめて、うんこは同時にしてくれよ」と言いたい気分だった。

亜希がいないから今日は特別なのか。それとも、いつもこんな状態なのか。後者だとしたら……そう考えただけで目眩《めまい》がしてきた。

午前中だけで俺は疲れ果てていた。

文庫本は五ページほど読んで閉じた。もちろん、ピザとビールどころではなかった。

お手上げ。すまん、亜希。どうすれば大人しくなるのか教えてくれ。

都市公園法に基づいて国または地方公共団体によって設置・管理される都市公園には、設置の目的や規模によって様々な種類がある。

その中で、周辺住民の日常的な利用を想定したものは住区基幹公園と呼ばれる。

住区基幹公園は、広さと対象エリアによって更に街区・近隣・地区の三つに分類される。このうち最も広い地区公園は、半径一キロメートル圏内の住民の利用を想定した、広さ〝四万平方メートル〟を標準とする公園である。

街区・近隣公園と比較して植栽の量も遊具等の設備も充実し、都市基幹公園（運動公園等）や特種公園（動植物園等）のように遠方からの来訪者に煩わされることもない。そんな地区公園が身近にあることは個々人の利用頻度に因らず、エリアの居住価値をも高めると一般的には言われる。

但《ただ》し、都市公園法では基本的に夜間人口一人当たりの面積を目安に新規公園の整備を行なうので、特に新興住宅地では地区公園が一つあると半径一キロメートル圏内に他の都市公園が存在しない場合がある。

すると、児童福祉法や市区町村の条例に基づいて設けられる児童公園、或いはそれに類する施設……社寺の境内《けいだい》等……もない場合、乳幼児を持つ住民が日常的に集う場所が一箇所に限定されてしまうことになる。言い換えるなら、コミュニケーションをとる相手も固定されてしまう。

その状態は、親密な人間関係を築くことが出来る反面、なんらかのトラブルが生じた際に所謂《いわゆる》〝公園難民〟を生み出す可能性が高いという危険性も孕《はら》んでおり……。

「なるほどねぇ」

公輔《こうすけ》と友美《ともみ》を乗せたツインバギーを押しながら、俺は以前読んだことのある『市内の公園事情と問題点』と題されたレポートを思い出していた。

駅までの道をショートカットするため毎日のように通っているのに、改めてゆっくり歩いてみて初めて気付いた。ここは〝危険性を孕ん〟だ公園だ。

マンションのバルコニーから見下ろすと二つの円が繋がったような形をしていることから、亜希や近所のママさん連中はここを〝ピーナッツ・パーク〟と呼んでいる。その歪《いびっ》な形状の外周にはびっしりと植栽が施されており、中央のくびれ（？）部分は枝が密集して一方の円から反対側が見え難い。そのため、どちらにいても公園の広さは実際の半分程度にしか感じられない。

だが、俺が言うこの公園の危険性とは、死角が多いとか外灯の光が届き難いとか、そういった類いのことではない。ここ以外に適当な公園や神社が徒歩圏内にないということはあるが、それもすべてではない。

「ホント、見事に大人しくなったな」

昼過ぎに電話すると、亜希は待ち兼ねていたかのようにツーコールで出て、「天気いいしピーナッツね」と提案してくれた。外の世界を見せると、珍しいものばかり目に飛び込んで来るせいか二人とも大人しくなるとのことだった。

季節は春の初めで、桜はほぼ満開だった。陽当たりの加減か樹種の関係か、気の早い桜は既に花弁を柔らかい陽射しの中に散らしていた。

秋に生まれた子供達にとって、人生初の春だった。友美は温かい空気を摑もうとしているのか、両手を伸ばして空をまさぐっている。バギーに乗せる時はぐずっていた公輔も、気持ち良さそうに欠伸《あくび》していた。

「けど、誰もいねぇな」

教えて貰ったシーソーと噴水の辺りをぶらぶら流したが、しょぼくれた年寄りと思い詰めた表情のサラリーマンがベンチに腰掛けているだけだった。

亜希によると、昼過ぎになるとこの辺りに子持ちの主婦が集まってお喋りしているとのことだった。俺とは初対面でも、公輔と友美のことは見知っているから、すぐに話し掛けてくれる筈だとも言っていた。
二、三歳の子供達は赤ちゃんに興味津々でかまってくれるわ、ママ達も交代で子供を預けて買い物に行ったり出来るわで、昼下がりのピーナッツ・パークは、ちょっとした青空保育園という感じらしいのだが。少し時間帯が早過ぎたのだろうか。

しょうがないので俺は桜を眺めながらバギーを押し、外周に沿って8の字を描くトラックをゆっくり歩いた。

「あらぁ」

十分ほど歩いていると、そんな声がした。目を向けると四、五人の女性がこっちを見ていた。子供も六人ほど芝生や砂場で遊んだり転がったり泣きわめいたりしている。

「パパと一緒なのぉ？　いいわねぇ」

一人が近付いて来て、俺にではなく公輔と友美に言った。こんなところにいたのか。随分と噴水から離れているではないか。

「可愛い双児ちゃんですねぇ」

え？　なにその二人と初対面的な発言。

「ここ、初めてですか？」

俺は「えぇ、まぁ」と適当に返事をして、そのママを観察した。

派手な格好をしたママだった。本物かどうか分からないが、上から下までブランド物で固めている。ベビーカーまでやたらと丈夫で高そうなエアサスペンション付きの三輪バギー。どこを転がすつもりだい。

亜希は、公園に集うママの中で一人だけ要注意人物がいると言っていた。だがそれは環境問題にやたらと力を入れており、何かというとエコエコうるさいママだ。ブランド狂いという情報はなかった。ちなみに亜希はピーナッツ・パークにちなんで、口煩い仕切り屋ママをルーシー・ヴァンペルト、煮え切らないママをチャーリー・ブラウン、二歳児をピアノ教室に通わせているママをシュローダーなどと呼んでいるが、そのエコエコママだけは黒井《くろい》ミサと名付けている。

「あらぁ、可愛い〜」

そのうち他のママさん連中も寄って来て、公輔と友美を覗き込んで口々に「双児ちゃん？」だの「あら、男の子と女の子？」だの言い始めた。

「今日は育児休暇？　いいわねぇ」

平日の昼間に寝癖隠しのニット帽に無精髭でぶらぶらしてるからって無職だと思うなよ、とは言わずに「えぇ、まぁ」。

「立ち入ったことですけどアレルギーとか、なぁい？」

本当に立ち入ったことだなおい、とは言わずに「えぇ、おかげさまで」と答える。

他にも「失礼ですけど、二卵性？」とか「不妊治療とかなさったの？」とか、まぁよくある質問と言えばそうなんだが、いきなりそういうこと訊くかい的な質問が矢継ぎ早。どうもおかしい。これは明らかに公輔と友美を知らない人間の質問ではないか。

亜希は、公輔と友美が媒介《ばいかい》になってすぐに打ち解けられるとか、お父さんもちらほらいるとか、黒井ミサを除けばみんないい人ばかりとか言っていたのだが。媒介になってないし、男は俺一人だし、いい人なんて一人もいないではないか。

と、考えて思い当たった。

いかん。ぼんやり歩いていたから気付かなかった。俺はいつの間にか桜のトンネルになった境界を越えていたのだ。ここは、亜希が言っていた「あっち」だ。

「ひょっとして、あっちの方?」

派手ママが探りを入れてきた。

そうだ。この新種の蝶みたいなナリをしたママが言う〝あっち〟とは〝こっち〟で、俺が今いる〝こっち〟は亜希が言っていた〝あっち〟で、今の俺が言うとややこしいが、つまりそういうことだ。

俺が言ったこの公園が孕む問題点とは、コレだ。

二つの丸のうち、東側は新興の分譲マンション群、西側は古いアパートや公団に囲まれている。俺の〝こっち〟は本来、東側だ。

別にマンションオーナーだろうが賃貸住まいだろうが、小さな子供を持ってるママ同士なら仲良くすればいいじゃないかと俺なんかは思うわけだが、亜希に言わせるとそれは「甘いね」らしい。

ちょっと親密になってくると「お茶でもしません?」ということになる。ところが、あっち（つまり今の俺にとってのこっち）には、百円単位の金も切り詰めてるタイプとか引き算が出来ない浪費家の借金塗《まみ》れとか、いるかもしれないので誘い難い。かといって「じゃあ、ウチでお茶しません?」というパターンも、新築マンションを見せびらかしているみたいで気が引ける。あっち（つまり……以下略）でも同じようなことを考えているから、こっちに近付こうとしない。

亜希の言い分を聞いてもやっぱり俺としては些末《さまつ》なこととしか思えなかったが、彼女とその仲間達にとっては「とってもデリケートな問題」らしい。まったく女というのは、小学五年生くらいから変わらない生き物だ。

つまりこの公園が孕む問題とは、半径一キロメートル圏内で格差社会が出来上がり、一つの公園で二つのコミュニティが構成されているという点だ。

幸いピーナッツ形をしているために、両者が交わる機会は極端に少ない。四万平方メートルといえば、阪神甲子園球場の敷地面積よりちょっと大きい。バックスクリーンから矢《や》野《の》のサインは見えない。前進守備の赤星《あかほし》でも、ミットの位置くらい見えても球種まで判断するのは難しいだろう。

だが俺は、ぼんやり桜を見上げながら歩いているうちに鳥谷《とりたに》の位置くらいまで来てしまったのだ。

『しまったなぁ……』

そう思ったが、あっちのママ達に囲まれた状況で「じゃ」とか言って離れるのはいかにもバツが悪く、俺は自分史上最大級の苦笑いを浮かべて、なんとか噴水方向へ戻る機会を窺った。

公輔と友美はたくさんのママ達にほっぺを触られたり腕をぷにぷに摘《つま》まれたりして、まんざらでもない表情で笑っていた。お前らも、いつも可愛がってくれるママさん達と違うならそう言えよ、って七ヵ月じゃ無理か。

「ミックス・ツインズ《別性双生児》でも一卵性はいるのよ」

「へぇ、そうなの？」

「あ、私も聞いたことある。けど、すっごい珍しいんでしょ？」

「利き手が逆だったりするとミラー・ツインズって言って、これも珍しいんだって。一卵性ミックスでミラーだと、凄いよね」

「暗カンリーチで裏も乗って数え役満って感じ？」

「何それ？　私、麻雀分かんない」

俺を置いてきぼりにしてママ達は双児トークに花を咲かせるし、唯一俺に話し掛けてきた派手ママは「浄水器、お持ち？」ってまるっきり関係ない話を始めるし、双児に関しては俺も知らないトリビア的なネタもあって少しばかり興味を惹かれたけど、生憎《あいにく》マンションには活水器が標準装備されていると断わると派手ママ「あらやだ、高級マンションねぇ」ってなんだよ、今どき普通だろう。

『あれ？』

ふと、変なことに気付いた。

こういう状況、どこかで経験したことがある。デジャビュかと思ったが、そうではない。確かに経験している。

派手ママの「最近、小麦が買い時で」という話に生返事を繰り返しながら、俺は記憶を辿《たど》った。

『あ……』

トウモロコシとバイオ燃料の話になった時、思い当たった。

そうだ。あの時も、こんな感じだった。

なにもかも嫌になりかけていたあの時、いくつもの偶然が重なって、俺はこれに似た状況に救われたのだ。

六年前。

その頃の俺は、塾の講師をやっていた。とはいえそれも週に三日ほどで、喰うためというよりも世間の営みに加わっている感覚を維持するためだった。そんな気持ちで教壇に立つなど、生徒達にしてみれば迷惑な話だったろう。だがその頃の俺は、そんなことにも頭が回らないほど燻《くすぶ》っていた。季節のうつろいにも気付かず、ただ日々をやり過ごしていた。

だからその日も、高校時代の友人達に指定された居酒屋に向かったものの、それが毎年恒例の忘年会だということに暫くは気付かなかった。

その冬は数年来の寒さで、雪こそ降っていなかったが夜空はちゃんと凍《い》てついていた。空っぽの頭と懐《ふところ》にちゃんと冷たい風が容赦《ようしゃ》なく吹き付けて、それでやっと師走《しわす》だと気付いたのだ。

例年の忘年会を思い出し、俺の歩調は鈍った。

今年はどうだった、来年の抱負はどうよ、彼女が代わった、子供が出来た、禿《は》げてきた……。友人達は毎年そんな報告をしあう。俺だけがなんの変化もなく、ただ黙ってみんなの話を聞き、グラスを傾ける。

数年前までは近況を訊かれ、答えると「またかよ～」と笑いも起こった。昨年も同じような会話があったが、悪酔いした俺は誰かと言い合いになったような気がする。

さて、今年はどうだろう。

馬鹿話でもすれば少しは気分も晴れるかという微かな期待を抱いていたが、負けることが分かっているのにリングに上がるボクサーのようでもある。そんな気分をポケットの奥深くに押し込めて、俺は暖簾《のれん》をくぐった。

駅前にある大きな店だった。忘年会シーズンの金曜日だったので、長い廊下の両側に並んだ襖《ふすま》のあちこちから笑い声や拍手が聞こえていた。

店員にいつも幹事役をやっている奴の名前を言ったが、その名前で予約は入っていないと言われた。他の者の名前も挙げたが、やはりない。予約はしていないようだった。携帯電話は持っていなかった。

しょうがないので、俺は嬌声《きようせい》が響く廊下を歩いた。約束の時間は少し過ぎていたが、俺が来るまで呑《の》まずに待っているような連中でもない。

一通り探して見付からなければ、帰っても構わないだろう。

そんなふうに考えながら、襖を一つずつ開けるでもなく迷路みたいなフロアを歩き回り、もう少しで一周というところで、

「あれ、久保《くぼ》っち？」

背後から声を掛けられた。

振り向くと、トイレから出てきた男が驚きと喜びが半々といった笑顔で立っていた。痩せた男だった。顎《あご》ヒゲをはやし、左耳にピアスをしている。男は赤い目で俺のことを上から下まで見て「おぉ、やっぱ久保っちだ」と笑った。酒臭い。

「久し振りだな。なんだよ、来るなら来るって言えよな。もうとっくに始めてるぞ」

男は俺の肩に濡れたままの手を回し、殆どヘッドロックのような状態で「こっちこっち」と引っ張った。

知らない男だった。だが、俺は久保っちだった。

ひょっとしたら、俺の覚えていない同級生が特別参加しているのかもしれない。俺はそう思いながら、引きずられるようにして一番奥の一番騒々しい座敷《ざしき》に上がった。

「おぉ〜、久保っちぃ〜」「久し振りだなぁ」

一斉にそんな声を浴びせられた。

男女半々くらいの二十数名がいて、上座には年輩というかもうヨイヨイの域に達した年

寄りが置物のように座っている。

「やっぱ駆けつけ三杯でしょ」

顎ヒゲが言い、サロン焼けした茶髪がグラスと瓶ビールを持ってきた。首筋に龍のタトゥーがのぞいている男にコートを脱がされ、鼻にピアスをしている女の子に空いている席に座らされた。

テーブルの上にビールで濡れた紙切れがあり、『御案内　××高校〇年度卒業』云々と書かれていた。

俺は「あの……」と言いかけたが、サロン焼けに「ままま、挨拶なんか後々」とグラスを持たされ、立て続けにビールを三杯呑まされた。彼らがかなり早い時間から呑んでいることが、その生ぬるさから察せられた。

どうも同窓会らしい。人数からして、クラス単位のものだ。非常に盛り上がっている。上座にいるかつての担任も、数人の女の子に囲まれて楽しそうだ。

だが、大きな問題があった。俺はこいつらを一人も知らない。

俺を待っているのも高校時代の友人ではあるが、男ばかり、それもたったの五人だ。そして俺の友人には、顎ヒゲとかサロン焼けとかタトゥーの類いはいない。

完全に人違いだった。日本全国に万単位でいそうな久保っちという安易な渾名《あだな》とか、俺の有りがちな風体とか、ハッキリものが言えない性格とか、数年振りに会う奴がいても不思議ではない同窓会というシチュエーションとか、幾つもの偶然が重なった完璧な人違いだった。

俺にとっては幸いだったのかもしれないが、サロン焼けは「ビールねぇや」と席を立ってそのまま遠くの席の女の子と話し始め、顎ヒゲとタトゥーも「久保っち元気か?」「相変わらず馬鹿か?」とか一方的に俺のことをいじると、誰かを連れて来ると言いつつ別の席に行ってそのままそっちに居座った。みんな、三歩歩くと用事を忘れる質《たち》のようだ。「挨拶なんか後々」はどこにいったのか、俺は一人残され、人違いであることを伝える相手もなくしてしまった。どうやらこっちの久保っちも無口で、こういう席では放っておかれるタイプらしい。

黙って出て行っていいものかどうか、しかしこれからまた本来の友人達を探すのもなんだか億劫《おっくう》だ。そんなふうに逡巡しながら誰かの御猪口《おちょこ》でぬるい酒を呑んでいると、一人の女の子が俺の横に座った。

「ホントに久保っち?」

座るなり、その子は俺の顔を見てそう言った。

咄嗟には言葉が出なかった。「ホントに久保っち?」に対する答えは「YES」で、だがそう答えるとややこしくなるなぁとか考えていたから、ではない。

「眼鏡が違うからかな。なんだか雰囲気、変わったね」

そりゃそうだろうと思ったが、これまたなにも言えなかった。

ギャル系が大多数を占める女の子の中で、その子は数少ないスーツ系だった。どうやら仕事帰りに直接来たらしい。化粧気が殆どないところを見ると、勤め先は学校とかホテルとか役所関係とか、そこらへんのようだ。

美人ではない。きっとクラスでも目立つ存在ではなかっただろう。しかしながら、まとっている雰囲気が凛《りん》としていて、それでいてどこかほんわかとしたものも感じられ、無垢《むく》な透明感と意志の強さが絶妙なバランスで共存した瞳も印象的であり……回りくどいな。つまり俺はヤラれた。数年振りで女の子にハッとさせられた。しかも外見だけで。

少し酒が入ったせいか、心の中に久々に悪戯《いたずら》っぽい俺が現われて『どうせバレてないんだから、ちょっとお喋りでもしたら？』と囁いた。

「なにその目。私も変わったって目？」

まじまじと見つめ過ぎた。俺は「いや」と言って御猪口に口をつけたが、空だった。

「あはは、なにしてんの。ほら、注《つ》いだげる」

彼女はやや戯《おど》けた感じで「おひとつどーぞ」と酌をしてくれた。

「私、幹事やらされてるのね。来て早々悪いんだけど、遅れて来たから三千五百……二千円でいいや……いい？」

俺は尻のポケットから財布を出し、千円札を二枚渡した。彼女はそれを受け取ると、ちょっと不思議そうな目で俺を見た。

「なに？」

彼女は目を伏せて「ううん」と薄く笑い、話題を変えた。

「久保っち、今なにやってるの？」

「えぇと、フリーターみたいなもんかな」

「やっぱ多いね、フリーター。あの真面目な神谷《かみや》や古瀬《ふるせ》もだって。今日来てないけど、あいつらとはたまに会ってるんだっけ？」

「ん？　あぁ、まぁ……キミは？　今なんの仕事やってんの？」

うまく話をはぐらかしたつもりだったが、「キミ」はまずかった。彼女は弾けたように笑い、俺の肩を何度も叩いた。

「あはは、キミってなによ。気持ち悪いなぁ」

騒々しい座敷の中でも一際大きな笑い声が響いて、何人かの視線を集めてしまった。

「お、お、久保っちと吉田《よしだ》ちゃんがツーショットなんですけど！」

顎ヒゲがこっちを指さして、全員に報告するように叫んだ。すると方々から「ひゅーひゅー」とか「六年越しの復活かぁ？」という言葉が行き交い、吉田ちゃんと呼ばれた彼女は「そんなんじゃないってぇ」と照れた。

「こういうの、なんて言うんだっけ？」

「あ、あたし知ってる～。ヤケボックリに火が付くって言うんでしょ」

「ヤケボックリ？　ボックイでしょ」

「ボックリだってば」

「ポックリじゃね？」

「ヤケポックリは逆じゃん？　ポックリの後に焼くでしょ、普通」

「こらこら、鬼頭《きとう》先生の前でそんな話はマズいよ」

「どうせ聞こえてねぇって」

「オニセン乾いてるからなぁ、すっげ燃えそう」

「うはぁ～、なんかリアルだぁ～」

「『ハムナプトラ』出てたべ、ノーメークで」

「あはは、くだらねぇ」

「誰が乾いとるのだ、馬鹿もん」

「やっべ、聞こえてるし」

頭の悪そうな会話の中身はともかく、どうやらこっちの久保っちは六年ほど前にこの吉田ちゃんと付き合っていたようだ。やるじゃないか、こっちの久保っち。そりゃあ「キミ」は変だ。というか、俺は元彼女でも気付かないくらい、こっちの久保っちに似ているのか。

などと考えていたら、俺と吉田ちゃんを取り囲むように大勢集まってきて、なんだかんだと思い出話を展開し始めた。俺はたまに話題を振られても「いやぁ」とか「そんなことあったっけ?」と、『久保っち照れるの図』の方向で誤魔化しつつ、まとまりのない話から登場人物を整理したり時系列に並べ替えたりして情報収集した。

それによると高校時代の吉田ちゃんは「チャラいのとオタクと不思議ちゃんばっか」という公立普通科にありがちなクラスで「地味系」の存在ではあったが、成績も性格も友達の面倒見も良く「なにげに頼れるお姉さんキャラ」だったらしい。本人は「ただの長女気質だって」と謙遜《けんそん》したが、修学旅行で酒を呑んでフラフラしていた奴を自分の部屋にかくまったり、「卒業バリヤバ」な奴らの追試に「カテキョー」を買って出たりで、特にチャラい系の奴らには一目置かれる地味系だったという。

一方、久保っち情報はというと、チャラいのとオタクの中間ぐらいでふらふらしている中途半端な奴だという程度だった。自分（？）の情報が乏しいと、ゆくゆく辛くなるかもしれない。かといって「俺ってどんな奴だったっけ？」と訊くわけにもいかない。

「う〜んと、あと久保っちといえばアレだな」

サロン焼けがなにか思い付いた。

「こいつ仮性包茎なんだよ。俺、トイレで見たことあるもん」

途端に全員が爆笑した。担任まで笑った。吉田ちゃんは困ったように眉を下げたが、やはりちょっと笑っていた。俺は思わず『ち○こまで似ることねぇだろ！』と叫びそうになってしまった。

その仮性包茎と吉田ちゃんがどうなって付き合うことになったのか突っ込んで訊きたいところだったが、話題はそれから同窓会に出席していない奴らの近況になった。オタク系と不思議系は出席率が低いのだが、何人かは出席者と間接的につながりを持っていた。アニメの専門学校を出て今は秋葉でホームレスをしているとか、ネイルの専門学校を出て今はビジュアル系バンドを追い回して売春しながら日本中を旅しているとか、真偽のほどがむちゃくちゃ怪しい分だけ宴席はむちゃくちゃ盛り上がった。

「やっぱ、片山《かたやま》じゃん？」

そして、クラスの男子で誰が最もモテたかという話題になり、そいつの名前は出た。一斉に「あ〜」と長い嘆息のような声が上がり、場の空気が一気に冷めた。

「くそッ、思い出しただけでムカつく」

「あいつが来るかもしれないから今日の参加率も低くなったんだぜ、きっと」

顎ヒゲとタトゥーが苦虫を噛み潰したような顔で唸った。

俺は二人の表情を単なるやっかみだと思ったが、どうやらそういうことではなかった。

「今、なにしてんだろ?」

「詐欺師《さぎ》じゃね?」

「それじゃ天職じゃん」

「死んでてくれ、頼むから」

「どっかの女に刺されるとかな」

男どもはその後も、止め処《ど》もなくその男をなじった。

話を整理すると、その片山なる人物は稀《まれ》に見る美形で、少し陰があり、だが話は面白くて退屈せず、スポーツも勉強もそこそこ出来、男女を問わず誰とでも仲良くし、教師とも上手くやるタイプの男だった。なんだか非のうちどころのないモテ男なのだが、それらを全部帳消しにしても足りないくらいの大嘘つきだった。

卒業後に分かったことだが、女とは常に五、六人と付き合い、それも全員から金を騙《だま》し取っていた。男からも、仲のいい振りをしながら近付き、千円二千円単位で金を借りては踏み倒し、金がない者からもCDや本を借りては中古屋に売り飛ばしたりしていた。

これも後から分かったことだが、誰かが貸した金や物を返せと騒《さわ》ぐと片山はいつも思いつめた表情になって誰もいない場所、体育館の裏とか校舎の屋上とかにその騒いだ奴を連れて行き、土下座して涙を流した。

学校に黙って深夜に怪しい店でアルバイトをやっていて、金は高校生には充分過ぎるほど持っている筈だった。これは、そのバイトを紹介したタトゥーが言うので確かなことらしい。かといって金遣いが荒いわけではなく、私服も普通だしバイクとかカートとか金の掛かる趣味を持っているわけでもなく、クスリにハマっているような感じもなかった。

それなのに何故、嘘をついてまで金に執着していたのか。CDや本など、売ったところで数百円の儲けにしかならない筈なのに。そこのところは、卒業から五年経った今も謎のままらしい。

同窓会の出席者にチャラ系の女子は七人おり、そのうち四人が片山と関係を持っていた。そしてその全員が、五万円以上の金を貸して踏み倒されていた。最高額は六十七万円で、それは父親のキャッシュカードの現金貸し出し限度額プラス援交で稼いだ金だった。

「ちょ、ちょ、ちょ、整理しようぜ」

サロン焼けが言い、その場にいる者だけで片山に幾ら騙し取られたのかを計算してみた。すると、高三の一年だけで少なく見積もっても百五十万円くらいになった。バイトで儲けていた分も含めれば、頑張ったら四人家族でも喰っていけるくらいの額までいっている。

顎ヒゲが「ハァ〜」と、恐らく日本一深い溜め息をついた。

「マジかよぉ〜、ボコりてぇ〜」

「半殺しにしても、裁判やったら勝てるんじゃね？」

「ジョージョーシャクリョーだな」

「てか、有罪になったとしても、神的に許《ゆる》すでしょ」

チャラ系以外の者も加わって、片山バッシングは止まることなく続いた。担任も遠くから「酒が不味《まず》くなる」とか言っていた。彼にとっても片山は、あまり思い出したくない存在だったようだ。

唯一、片山と最後に付き合ったという女の子が「病気の弟のために金が必要なんだって聞いたけど」とフォローを入れた。髪も肌もコーヒー牛乳みたいな色で、目を恐いくらい強調したメイクをしている。水たまりに落ちたパンダのぬいぐるみみたいな子だった。

多分に主観が入っているが、ギャル系の子というのは無駄に塗りたくって台無しになった絵画みたいな美形と、もうそれ以上汚すなという感じのめっちゃくちゃなぶさいくに分かれる。普通はなく、七—三で後者が多い。で、彼女は後者だ。片山、見境なし。

汚れたパンダは顎ヒゲの「んなもん嘘に決まってるじゃん。一人っ子だぞ、あいつ」に一蹴《いっしゅう》され、「だよね」と引き下がった。

「久保っち、さっきからヤケに黙ってんじゃん。お前もなんかあるだろ、片山には」

後ろにいたタトゥーが俺の肩を軽く小突いた。周りの数人も「そうだよ」「だって久保っちは」などと意味ありげな言葉を立て続けに発した。

俺は、片山に激しく興味を持っていた。

本当に金が必要なら、こんな面倒なことはしない。クラスの殆どの人間をターゲットにするなど、リスクが高過ぎる。それも下は数百円だ。特定の誰かをいじめの標的にして金づるにする方がずっと効率がいい。

これだけ質の悪そうな奴らが揃ったクラスなのに、「しょうがねぇな」程度で済んでいたというのもおかしい。卒業と同時に醒める催眠術でも使っていたみたいだ。

俺は、片山の目的が金ではなく人の心を計ることにあるような気がした。それなら額は問題ではないし、モデルケースは多いほどいい。

もちろん辻褄《つじつま》が合うからといって、確証などない。なんのためにそんなことをする必要があるのかも、相変わらず謎のままだが。

「よぉ、なんとか言えよ」

俺は「うん、まぁ」と言ったまま固まってしまった。

まずい沈黙だった。

吉田ちゃんも担任も含めて、全員の視線が俺に集まった。曖昧な表現は、場合によっては断定型の大胆な表現よりも注目を集める。

「う〜ん」

「〝う〜ん〟て」

「いや、まぁ、なんて言うか……」

困った。俺がこっちの久保っちとは違う人間であることがバレてしまうよりも、困った。なんと言っていいものか正直分からない。なにせこの場の俺は、片山以上に嘘つきなのだ。

「イン・ドゥビオ・プロ・レオ」

その時、何故そんな言葉が口をついて出たのか、自分でも分からない。

「へ？　なにそれ？」

「〝疑わしきは被告人の利益に〟さ」

「なに、どしちゃったの、久保っち？」

顎ヒゲが俺の額に手を当てて、心底心配そうな顔で「熱はねぇな」と言った。俺はその手を払って、続けた。

「〃片方の当事者の話が終わったところでは、まだ話は半分終わったに過ぎない〃とも言うだろ？」

「言うの？」

「うん、言うんだよ」

そう言い切ってみて初めて、俺は自分がなにを言おうとしているのか、おぼろげながら分かってきた。

「つまりね」

頭の中を整理するため暫く俯いていた俺が数秒後にそう言うと、ざわざわしていた座敷が静まった。

「金を騙し取ったことは犯罪行為に違いないけど、なんのために金が必要だったのか、そのところが分からないんだろ？」

「あぁ」

「だから、キミら……俺達か……がつまらないことに使っていた金が、片山を介することで誰かを救っているなんてことも考えられなくはない」

「はぁ？　意味分かんね」

「極端な例だけど、片山の両親がどこか貧しい国の子供達の養父になっていて、その中に難病と闘っている子がいるとか」

「おいおい、なんだよそれ」

タトゥーが声を荒らげた。サロン焼けと顎ヒゲが同時に「有り得ねぇって」と吐き捨てた。

「まぁまぁ」

食って掛かるチャラ系を制した。上げた両手の向こうで、上座の担任が「ん？」という目でこっちを見ていた。

「んなもん、憶測じゃん」

「そう、憶測だよ」

「〝だよ〟じゃねえ。根拠ねぇだろ」

「うん、根拠なんかない。でも、俺の話に根拠がないのと同じで」

そこで俺は、汚れパンダを指さした。彼女は「へ？」という顔で自分の鼻を指さした。

「さっき聞いた〝病気の弟がいて〟って話を丸っきりの嘘だと決めつける根拠もないだろ

う？」

「だからぁ、弟なんかいねぇんだって」

「それ、確か？」

「そうだよ。一人っ子だって、本人が……あ」

「だろ？　それが嘘かもしれない」

「あぁもう、面倒臭ぇな久保っちは。自分に都合のいい方が嘘なんだよ、片山の場合。前例ありまくりなんだから」

「前例は前例でしかない」

「おいおい、やめろよ。禅問答してんじゃねぇんだから」

「そんな難しい話じゃないよ。証明出来ないことは事実として認められないって言ってるだけだ」

　喋りながら、俺はずっと『あれ？　あれ？』と考え続けていた。

「だから、提案なんだけど……」

　呑み付けない日本酒の影響があるにしても、その夜の俺は喋り過ぎだった。

「どうとでも解釈出来ることは、思いっきり飛躍させて素晴らしい方向に思い込んじゃうのも一つの手なんじゃないかな」

それも、その内容はどんどん近づいていく。

「人の生き死には別として、金とか時間とかプライドとか、そんなの今後の考え様でどうにでも取り返しがきくもんだから」

自分が誰かに言って欲しかった言葉に。

「同じ諦めるにしても、鬱々《うつうつ》と恨み節を繰り返すより、笑い飛ばして今後の教訓にでもした方がマシだろう」

それでもう、誰からも反論はなかった。

俺は戦闘モードを解除して酒を呑んだ。ぬる燗《かん》を通り越して冷やになっていたので御猪口ではもどかしく、誰かのグラスを拝借して一息に喉の奥に流し込んだ。

「つかさぁ……」

タトゥーが背後で言った。

みんな押し黙ってしまったのは、なにも反論出来ないくらいに俺の論法が素晴らしかったからではなかった。呆れていたのだ。

「スゲェ新解釈」

「前向きだなぁ」

「前向きっつうか、前のめりだな」

「人間がデカいの通り過ぎて、馬鹿だ」

なんだそれは。失敬《しっけい》だな。

「俺らは金や物だけど、お前は吉田ちゃんを片山に取られたんだぞ。なんでそんなに達観出来んの？」

えぇぇッ!?

「吉田ちゃん、すぐ片山が怪しい人間だって気付いて別れたけど」

「そうそう、けどモトサヤってワケにもいかなくて」

「お前、すっげ落ち込んでストーカーみたいになったじゃん」

そんなことがあったのか。情けないぞ、こっちの久保っち。

吉田ちゃんを見ると、彼女は目を伏せて少し笑っていた。上目遣いで俺を見て、唇を『ゴメンネ』と動かした。

その瞬間、俺には分かった。

吉田ちゃんは、俺がこっちの久保っちでないことに最初から気付いていたのだ。本物の久保っちが同窓会になど出席する筈がないことを、分かっていたのだ。

馬鹿だ、お人好しだ、どこぞの宗教でも入ったのか……。そんな罵詈雑言《ばりぞうごん》を向けられていることにも殆ど気付かず、俺は「ちょっとトイレ」と席を立った。

一体なにをやっているのだ、俺は。吉田ちゃんも人が悪い。いや、俺がどうかしているのか。どんな顔をして戻ればいいのだろう。ん？　戻るのか？　あそこへ？　のこのこ？　だがこのまま消えてしまうのも、残念というか中途半端というか残尿感というか……。

顔を洗い、鏡の中の間抜け面を睨み付けて鬱々と考えていたら、

「ん？　うわッ！」

後から入ってきたスーツの男が、鏡を二度見して叫んだ。

「久保っち、なにしてんだよ」

本来の仲間の一人だった。

「あ、よぉ」

「〝よぉ〟じゃないよ。あれ、もう呑んでるのか？　どこで？　なんで？」

「えぇと……」

「こんの野郎ぉ」

狭いトイレでヘッドロックされて、俺はそのまま彼らが呑んでいるボックス席まで引きずられるように連行された。よく引きずられる日だ。

散々なじられはしたが、五人はほどよく酔っ払っていることもあって、一時間半の大遅刻の理由もどこで呑んでいたのかも、それほど深く訊ねてこなかった。

一人は太り、一人は禿げ、一人は煙草をやめていた。そんな見れば分かるような近況報告を受け、俺もまた司法試験に落ちたことを報告した。

例年通りなら、俺は落ち込んで愚痴を吐きまくり、みんなはそれを酒の肴にするパターンだった。

「法曹三者ってのは、戦う術を持たない弱者のために盾となり矛《ほこ》となるもんだろ？　なんで酒気帯び運転で子供を轢《ひ》き殺したヤンキー崩れや幼児虐待してる馬鹿親のことで頭を悩ませなきゃなんねぇんだ。弁護士なんか、そんなクズを庇う側に回ることだってあるんだぞ」

前回の忘年会で、俺は確かそんなくだを巻いた。誰かに「それって根本じゃん」とか「なってから言いましょう」とか言われて、俺は食って掛かった。全部、ごもっともな意見だったからだ。

だが、その年の俺は違った。

既に相当量の酒を呑んでいた五人は、潮時だとか頑張れとか諦めろとか諦めるなとか例年通りの好き勝手な言葉を掛けてくれたが、俺は黙って呑んでいた。

そのうち話は、禿げ始めた奴の結婚生活に関するものに移行した。彼は二十六歳にして今年の春に第三子が出来たのだが、またまた男だった。カミさんがどうしても女の子が欲しいと言うので、ただいま地獄のようにセックスをしているという話だった。

五人はその実にどうでもいい話に馬鹿みたいに盛り上がり、壊れたCDプレーヤーのように繰り返し同じ話をしては笑い転げた。

俺は、ずっと吉田ちゃんのことを考えていた。

同窓会があの後どうなったのか気にならないでもなかったが、もう戻る必要もないと判断した。

ひょっとしたら吉田ちゃんがみんなに、俺があっちの久保っちでないことを発表しているかもしれない。そうすれば、他人のそら似について一頻り盛り上がるだろう。それはそれでネタ提供者としては満足だ。俺の嘘は酷かったかもしれないが、片山よりはマシだろう。取り敢えず二千円は払っているのだし、彼にとっての法廷の公平な友《アミカス・キュリエ》の役は、充分過ぎるくらい果たした筈だから。

二時間後、俺は一人で終電を待っていた。

二軒目への誘いを断わると友人達は冗談混じりでさんざんなじったが、なんだか一人になりたかった。

「金も時間もプライドも、取り返しはきく」「同じ諦めるにしても、笑い飛ばして今後の教訓にでもした方がマシ」

さっきチャラ系の奴らに言った自分の言葉が頭の中をグルグル回り、気付いたら俺は唇に笑みを浮かべていた。

酒を呑んで笑うことなど、随分と久し振りのことだった。

なんのことはない。鬱々と思い悩むくらいなら、いっそのこと諦めてしまえば良かったのだ。そんな簡単なことに気付かなかったのか。

『○○線で送電線のトラブルがあり、接続待ちの関係で約十分ほど遅れております』

そんな構内アナウンスにも「いいよいいよ」と笑って言えるくらい心地良く、俺は凍てついた空気を鼻から胸一杯に吸い込んだ。

「あ、ニセ久保っちだ」

黄色い線の上で突っ立っていたら、左側でそんな声がした。

「おぉ、吉田ちゃん」

彼女は階段を上り切ったところで「はい、吉田ちゃんです」とニッコリ微笑んだ。息は白くて、鼻は赤かった。

電車の遅れは十分どころではなかった。そのうちホームは人で溢れ、俺達はどちらから言うともなく駅から出て呑み直すことにした。なんだか一人になりたい夜にも、例外はある。

朝までやっているというバーのカウンターで、俺達は話をした。

俺がいなくなってすぐに同窓会はお開きとなり、二次会でカラオケに行ったのだが、吉田ちゃん曰く「演歌縛りとか洋楽縛りとか、ちょーワケ分かんなかった」。俺のことは顎ヒゲ達が「帰りやがった〜」と怒っていたくらいで、どうってこともなかったらしい。

「俺がニセ久保っちだってことは言わなかったの？」

そう訊ねると吉田ちゃんは「ん〜」と少し考えて、ピスタチオを立て続けに五つほど口に放り込んだ。

「本物の久保っちかどうかって、私以外にはあんま関係ないしね」

顎ヒゲに連れられて座敷に上がった瞬間に、吉田ちゃんは俺が彼女の知っている久保っちでないことに薄々気付いた。そして財布から金を出した仕種で、それを確信した。

「だって久保っちはお尻のポケットに財布を入れないもん。そうゆうのって、簡単には変わんないでしょ」

店にはずっと、古いブルーズやロックが流れていた。ラジオや有線ではなく、カウンター奥に並んだアナログ・レコードを店長自らターンテーブルに乗せて回しているものだった。

　彼女は「全然、違うんだけどなぁ。みんな酔っ払い過ぎてたんだね」と、またピスタチオを幾つも口の中に放り込んで笑った。

「あぁ、でも鬼頭先生は分かってたのかな。ニセ久保っちがいなくなってから〝さっきのは誰だ〟とか言ってた。みんなはボケてるとか久保っち忘れられてるとか言って笑ってたけど」

　俺は「悪かったよ」と謝り、座敷に上がってすぐ人違いだと分かったのにそう言えなかったことや、こっそり出て行こうと思った時に吉田ちゃんがやって来て思い直したことなどを白状した。

　レコードがハウリン・ウルフからライ・クーダーに替わった時、吉田ちゃんが「あのね」と、やや真面目な口調で言った。

「みんな感謝してたよ」

「なにを?」

「片山のこと」

　片山のことは、同級生が少人数で集まる場合も決まって話題に上っていた。今日、一堂に会した場で槍玉《やりだま》に上がるのは自然のなりゆきだった。いくら話しても埒《らち》は明かないし、酒が不味くなることは分かっているのに、話さずにはいられなかった。

「だからね、ニセ久保っちの〝いい方に解釈すればいい〟って言葉はね、ホントみんなをホッとさせてくれたんだよ」

「そう……」

「うん。チャラ男どもも〝片山に怒《いか》ってんのが馬鹿らしくなった〟とか言ってた」

「そっか、良かったな」

彼女は「うん」と大きく頷き、塩のついた指を舐めて笑った。二次会でかなり呑まされたのか、幹事の気疲れから解放された気の緩みか、さっき居酒屋で時折見せていた笑顔とは少し違った。鼻の周りにクシャッと皺が集まって、「ニコッ」というより「ニカッ」という感じの笑顔だった。

だがその直後、吉田ちゃんはそのまま顔を伏せ、それまでの明るい声のトーンを極端に落とした。

「私は知ってるんだ」

店に入った時と注文を聞きに来た時を除いて無駄口をまったくきかない店主が、気を利かせたのかカウンターの隅まで行って煙草に火を点けた。

「片山がなんであんなことしてたのか」

これまでみんなの前では話したことのない片山の事情について、彼女はゆっくりと言葉を選びながら喋った。

それは、自分を偽り演じ続けた男の十数年に関する話だった。

片山がまだ小学生だった頃、彼の両親が先天性の病に苦しむ次男の回復を願い、ある宗教団体に入信した。だが数年後、その団体は脱税と贈賄《ぞうわい》と詐欺の容疑で複数の訴えを起こされる。追い詰められた教祖は、信者数十人とともに集団自殺した。

全国に数千人いた信者の何人かも、後を追うように自殺した。その中に片山の両親もいた。次男を引き連れての焼身自殺だった。

片山自身は信者にされていなかったが、親戚は誰も引き取ってはくれなかった。七歳で入った施設でも、十歳で養子に入った家でも、片山は目立たぬよう、大人達に気に入られるよう振る舞った。どんなに悲しくても、どんなに虫の居所が悪くても、出来る限り明るく笑い、健気《けなげ》な少年を演じた。それはやがて、彼にとって呼吸をするように自然な行為となった。

片山はそのようにして、殻《から》に籠って生きていくつもりだった。だが、中学と高校の入学時に新聞や雑誌やテレビ局が、どこで情報を得たのか取材にやってきた。

養父母が盾になってくれたが、そんなことが何度かあって片山は悟った。これはたぶん生涯続くことなのだろうと。どんなに頑張ろうが自分は自分であるという理由だけで誰かに迷惑を掛けてしまうと。そして、そう遠くない将来、なにかしら社会に関わって生きて行くにしても、恐らく組織で働くことは出来ないだろうと。そして、ならば、と彼は考えた。ならば一人で生きて行くためには手に職を持たなければならない。誰かに教わったりしない技術。

そこで閃《ひらめ》いたのが、詐欺師だった。

幸か不幸か、彼には人を惹き付ける人間的な魅力があった。目立たぬよう生きたかった彼にとって、それは鬱陶《うっとう》しいものでしかなかったが、詐欺師になると決めてから彼はそれを逆手に取った。また彼には、大きな嘘を吐き通すために自らを小さな嘘で塗り固めて実像をぼやかす必要もあった。危険な男、大嘘つき、女ったらし。それらも、彼にとって実に都合の良い評判だった。

「だからね、私は初耳だったんだけど……」

だから、汚れたパンダが言っていた「病気の弟がいて、その子のためにお金が必要」という話は、半分が嘘で半分が本当なのかもしれない。

そこで彼女は話を止め、赤黒いラムをショットグラスの半分ほど一息に呑んだ。

レコードがB面になった。

長い間、誰にも言えず胸の奥で燻っていたことに今日初めて分かったことが作用して、赤の他人だからこそ言えることなのだということが俺にも分かった。

「なんてね」

カラカラ氷を回しながら、吉田ちゃんは呟いた。

「それすら、嘘かもしれないんだけどね」

頭上のダウンライトは消えていた。光源はボトルやレコードが並んだ棚の間接照明と、カウンターのキャンドルだけだった。

「不幸な生い立ちって効果あるからね、特に平凡な女子高生なんかには。私もまんまと引っ掛かっちゃったのかも」

言葉に合わせて、近くのキャンドルの炎が揺れた。彼女の頬で、ラムを透かした光が揺れた。泣いているみたいに見えた。泣いているわけではないけど。

「けど、ごめんね」

さっき居酒屋で唇だけ動かした『ゴメンネ』とは違った。

「私の人生にはもう片山はいない。久保っちもいない。だから片山のその話、本当だと思うことにした」

それは俺にではなく、彼女にとって本物の方の久保っちに向けられた「ごめんね」だった。

「〝今さら確認出来ないことなら、いい方に解釈しておけばいい〟んだもんね」

本物の久保っちがどういう人間だったのか、俺には分からない。たぶん俺に似て、たいしたことのない男だったのだろう。片山みたいな男に彼女を取られてもしょうがないような、中途半端で煮え切らなくて鬱々している野郎なのだろう。

まるっきり、俺自身だった。

だから俺は、俺が思うままに言った。

「あんなの、嘘っぱちだ」

グラスを置いてまたピスタチオに伸びかけていた指先が、止まった。

「俺、司法試験受けてて、もう五年連続で落ちてる」

「なんの話？」

「弁護士も検察官も裁判官も、どうとでも解釈出来ることを好きなように解釈しちゃいけない世界の住人なんだ」

そこで言葉を切ったが、吉田ちゃんは俺の言葉の意味を咀嚼《そしゃく》しているみたいだった。

反応の有無を確認する間を十秒置いて、俺は言葉を継いだ。

「何かを全力で肯定してみせるってのは一見優しさのようであって、実は無責任の極《きわ》みだよ。今日のなんか、自分になんの利害もないところで吠えてただけだしな」

「……」

「つまり俺には、決定的な部分が欠落してるってことだ」

「それはないね」

「え？」

中途半端な場所に浮いていた吉田ちゃんの右手が、ピスタチオに伸びた。俺が返事を待っている間、彼女は片手で器用に殻を剝いてポイポイ口に放り込んだ。

「え？」

もう一度、言った。

モシャモシャ嚙み砕き、チェイサーで流し込み、「ん～」と塩のついた指で頭を搔きむしり、吉田ちゃんは「ないない」と呻《うめ》くように言った。

「だって、私はそれで救われちゃったんだもん。無責任な言葉でも、私は救われた。だから、ニセ久保っちには責任があるんだ。私を前にして、そんなこと言っちゃ駄目なんだ」

店主が、ちらりとこっちを見たのが目の端で分かった。

「嘘っぱちでも、一人の人間を幸せな気分に出来るなら、それはとっても素敵なことじゃない？」

また、炎が揺れた。同じ陰影、同じ揺れ方の筈なのに、今度は吉田ちゃんの顔を水辺で戯れる少女のような笑顔に変えた。

俺はその笑顔をじっと見つめて、見つめて、彼女が照れて「ちょっとぉ」と目を逸らすまで、じっと見つめた。

妙に頃合を心得ている店主が、レコードを替えるために正面に戻ってきた。

「救われたのは、俺の方かもしれないな」

「え？」

「いや、なんでもない……それより、ニセ久保っちはやめてくれよ」

「じゃ、ホントの名前、教えて」

俺は一呼吸置いて、ダークラムをダブルで頼んだ。吉田ちゃんも残りの半分を急いで呑み干し、同じものを頼んだ。

とっくに終電は出ていた。

だが、もうそんなことは俺達にとってどうでもいいことだった。

どうでもいいことは、どうにでも解釈すればいい。出来るなら、素敵な方向に。

それが、その夜のルールだった。

その後、俺達は連絡先を交換して時々会うようになった。コートを脱ぎ、ジャケットもいらなくなって、ポロシャツ一枚で大丈夫な季節になった頃、俺達は恋人と呼べるくらいの関係になった。

少し時間が掛かったが、会った瞬間から吉田ちゃんは俺にとって特別な存在だった。それは今もって変わらない。

彼女は未だに俺のことを「久保っち」と呼ぶし、たまに喧嘩した時には頭に「ニセ」を付けるが、そんな彼女も今では久保っち一族の一員だ。

俺は結局、司法試験に合格することはなかったが、パラリーガルという弁護士のアシストを専門とする職業に就くことが出来た。今もって司法試験を受け続け落ち続けているが、あのすべてを諦めかけた時、彼女に出逢っていなければ今の俺はない。

そして俺達は、付き合って二年後に結婚した。

更に二年後には、公輔と友美が生まれた。俺の司法試験への挑戦は二年ばかり中断することとなったが、今バギーの中で春の陽をいっぱいに浴びて眩しそうに笑っている二人を見ていると、そんなことはとてつもなく小さなことだと思える。

「それでね、小麦の高騰がワンクッション後にトウモロコシの高騰を呼んで……」

派手ママの講釈は延々と続いていて、他のママ達はウチの子達のほっぺたと二の腕を撫でたり摘んだり。

俺はなんとか派手ママを適当にいなして他のママ達の会話に加わりたかったが、そういうのは相変わらず下手だった。

助けを求めるように視線を泳がせると、ベースボールキャップを冠《かぶ》ってジャングルジムに腰掛けていた女性が煙草に火を付けているのが目に留まった。

おぉ、同志よ。そんなところにいたか。

「ちょっと、すみません。煙草を……」

俺はそう言ってポケットから煙草を取り出し、バギーを置いてジャングルジムに近付いた。

彼女も芝生で転がっている子供達の誰かのママらしいが、さっきからちっともこちらの会話に加わろうとせず、ずっと携帯電話をいじっている。

いかん、ライター忘れた。

「すみません、火を貸してもらえます？」

そう声を掛けると、キャップママは上から睨むように俺を見下ろし、百円ライターを放り投げた。

キャップから覗く髪の毛は脱色し過ぎて真っ白に近い、鼻の周りはソバカスだらけ。ペパーミントパティだ。

「あのさぁ」

上から声がした。「はい?」と見上げたが、ペパーミントパティは携帯を見つめたまま足をブラブラさせていた。

「なんですか?」

彼女は少し考えてから「離乳食ってさ、何歳まで喰わせたらいいの?」と訊ねた。「離乳食」と「喰わせたら」という言葉がどうにも組み合わせが悪くて、質問の意味を理解するまで二秒かかった。

「十五ヵ月くらいから幼児食になるみたいですよ」

「げ、ヨージショクって?」

「栄養価が高くて柔らかいものですかね、一般的に」

「マックは? 柔らかいけど」

「ええ、まぁ、柔らかいっちゃあ柔らかいですけど、味の薄いものの方が……」

彼女が「ちっ」と呟いて煙草を放り捨てようとしたので、俺は慌てて携帯灰皿を差し出した。ソメイヨシノの花弁みたいに白っぽい唇から「ッス」と礼らしき音が漏れた。

バギーの方に戻ると、ママさん達は公輔と友美を「カンちゃん」「アンちゃん」と呼んでいた。響きは可愛いが、どうやらさっきの暗カンリーチ云々にちなんだものだ。人んちの子供に勝手に変な渾名を付けるんじゃない。

一言文句を言ってやろうとしたら、うちの二人より小さな赤ちゃんを抱いたママさんが話し掛けてきた。

「大丈夫？　絡まれなかった？」

「は？」

ママさんは控え目にジャングルジムの方を見て、「あの子に」と囁いた。

「え？　絡まれることがあるんですか？」

「うん。彼女、マック断ちしてるから苛ついてるんだよね」

「マック断ち？」

「二歳の子にフライドポテトを毎日のように食べさせてたから、言ってあげたの」

「はぁ」

「まぁ、守ってるだけ偉いんだけど」

「へぇ……」

公輔と友美は、ぐずったり泣いたりすることもなく、知らないママさん達にあやしてもらっていた。たまに「きゃはッ」という、かなり機嫌の良い時にしか出さない声も上げている。

芝生の上では、二人より少し大きい子らがゴロゴロ転がっている。もう足がしっかりした三歳くらいの子が二人、舞い散る花弁を追い掛け回している。そのうちの一人が「はなびらだいかいて〜ん！」と叫んでさえいなければ、かなり可愛らしいシーンだった。

なるほど。ここのママさん達は、ペパーミントパティの教育係をしているわけだ。ヤンキー崩れのペパーミントパティも、この公園に通い続けているところをみると内心感謝しているのかもしれない。

色々ありそうだが、いいコミュニティじゃないか。

ひょっとしたら、さっきの「アレルギーとかなぁい？」とか「育児休暇？」という立ち入り過ぎの質問も、遠回しだが、ウチの子にお菓子を与えていいかどうか、近所に無職でブラブラしている男がいるのではないか、そういったことを確認していたのかもしれない。

浄水器と小麦は……分からない。まぁ、あれはそのままの意味か。

しかし、いいコミュニティだ。

この世で起こる殆どの出来事は、どうとでも解釈出来る。人の生き死にでない限り、どうとでも解釈出来ることはどうとでも解釈していいのだ。出来得るなら、素敵な方向に。

よって本日の俺としては、取り敢えず公輔と友美が笑っていればそれでいい。

「〝あっち〟も悪くない」

亜希にも、そう伝えよう。

コーヒー牛乳からカフェ・ラ・テくらいの色に落ち着いたという汚れパンダの披露宴と二次会について、亜希も色々と笑えるネタを仕込んでいるだろうが、俺の方もなかなか面白い育児休暇を過ごしている。

桜のトンネルの向こうに、分譲マンション組のママさん達が集まっているのが見えた。

だが俺はもう、戻ろうとチャンスを窺うようなことはしなかった。

魔法使い

「あかねちん、臭《くさ》ぁい」

砂場でお山を作っていたら、隣にいた男の子にいきなりそんなことを言われた。襟足をイカゲソみたいに伸ばしたその子は、あたしがなにも言い返さないのを確認してから、大袈裟にクンクン鼻を鳴らして「臭い臭ぁ〜い！」と日本中に報告するみたいに騒いだ。

「臭くないもん」

やっと小声で抵抗を試みたけど、遅かった。ほかの男の子達も加わって、はやし立てる声はどんどん大きくなっていって、女の子達まであたしから離れていった。

「こらっ、ショー！　意地悪言わない！」

イカゲソんちのおばさんがフグみたいに膨らんで怒鳴って、騒ぎはやっと静まった。

いつも涙目をしているマシュマロみたいな女の子が戻って来て「臭くないよねぇ」と慰めてくれたり、おばさん達も寄って来て「大丈夫よ、あかねちゃん」なんて言ってくれて、けど、あたしはまだ「臭くないもん」て唇《くちびる》尖《とが》らせて、そのうち〝じわっ〟と熱いものが込み上げてきて、女の子もおばさん達も慌てて「ほら、泣かない泣かない」なんて頭を撫でたり背中をさすったり大騒ぎで、そんなふうに優しくされればされるほどあたしはポロポロ涙を流して、イカゲソに向かって砂を投げ付けて、やり返されても負けずに投げ付けて、砂に埋《う》もれた猫のうんこも投げ付けて、そのうち向こうが泣き出して、報復完了。

そんなことがしょっちゅうあったけど、幼い頃のあたしは公園にいるのが大好きだった。

イカゲソを除けばたいていの子は仲良く遊んでくれたし、特にマシュマロはいつもあたしを気にしてくれたし、おばさん達はみんな優しいし（たまにお菓子をくれる人までいるのだ！）。

でも一番の理由は、あたしがそこにいても許されて、しかもたいして知り合いじゃなくても構ってもらえたからだ。

道ばたとかコンビニの前なんかで座っていても、誰も話し掛けてきたりしない。それなのに、公園の中だと構ってもらえる。あたしはそれを、魔法みたいだと感じていた。

そういう意味では、イカゲソに意地悪されることも喜ばしいことだったのかもしれない。彼が悪気なく思ったままを口にしているんだって、あたしも五歳児なりに理解できたし。

だけど、だから、夕暮れの公園は大嫌いだった。

それまで優しくしてくれていたおばさん達は「あかねちゃんもそろそろ帰りなさい」とか「パパとママが心配するわよ」とか、そんな言葉を掛けて自分の子供の手を引いて帰っていく。

滑り台で三歳の子をいじめてたイカゲソも、お母さんに呼ばれた途端にショーくんに戻る。お人形をママ役にするという無理のあるおままごとに没頭していたマシュマロも、リナちゃんに戻る。泣いてた子も笑ってた子も、みんなみんな○○くんや○○ちゃんに戻って帰っていく。

あたしだけ、あかねちゃんのまま。取り残されて、地球上で独りぼっちになってしまったような気分を抱き締めながら地面を見つめる。

魔法がとけちゃった。

いつも取り合いになるバネ仕掛けのコアラを独占して、あたしはそんなふうに思っていた。

日が傾いてカラスが鳴いて役場のサイレンが鳴ると、魔法はとける。ずっと太陽が出ていればいいのに。

だから、雨の日は夕暮れなんかよりもっと嫌いだった。

雨が降ると、魔法は一日中かからない。公園で遊んでる子は誰もいない。けど、あたしには居場所がないから、長靴履いて傘さして公園に行く。梅雨《つゆ》時も台風シーズンも関係ない。毎日毎日、行く。

砂場もコアラも滑り台も使い放題なのにちっとも楽しくないのは、なにもかも濡れちゃってるせいだと思っていた。みんながいないからだって薄々分かっていたけど、それを認めてしまうと、なにかが終わってしまうような気がしていた。

その日も、雨だった。

傘をさしてコアラに跨がっていたらパンツが濡れちゃったので、コンクリートの山に開いてる穴に潜り込んで、知ってる歌を全部唄《うた》った。知ってる歌なんか五曲もなかったのですぐに唄い終わったけど、ずっとずっとリピートして唄った。

穴の中は声が響くという大発見は嬉しかったけど、五巡目くらいになってちょっと飽きた。それでだんだん小声になっていって、太陽と魔法の関係について五歳児なりに考えていると、見つめていた水たまりに足が生えた。生えたわけじゃないけど、ただ人が立っただけなんだけど。

見上げると、リュックを背負った大人の男の人が傘をさして立っていた。

「なにしてんだ?」

「お歌」

「歌?」

「唄ってるの」

その人は力なく「そうか」と言うと、踵《きびす》を返して歩いていった。

穴の中から窺っていると、おじさんは植え込みの向こうに放置されてるリヤカーのところでなにやらごそごそ始めた。そのリヤカーは数日前からそこにあって、荷台にはガラクタがいっぱいで、タイヤがパンクしていて、おばさん達がよく「邪魔ねぇ」なんて言っていたものだ。

植え込みが邪魔ではっきり見えなかったけど、おじさんはなにかを組み立てているみたいだった。

バサッて音がして、あっという間に青いシートで屋根みたいなものが出来た。これは植え込みの上だったので見えた。

四方の木の枝に紐《ひも》を括り付けて、ピンと張って、雨水が道路の方に逃げるようにちょっと斜めにしていた。

その作業を終えると、おじさんはしゃがんで植え込みに隠れてしまった。その代わりラジオの音が聞こえて来て、シトシト落ちる雨音しか聞こえなかった公園が、途端に楽し気な歌に包まれた。そのうち〝ボ〟って小さな音がして、雨と土の臭いしかしなかった公園に美味しそうな匂いまで漂《ただよ》ってきた。

魔法みたいだった。

「なにしてんの？」

今度はあたしの方から近付いて行って訊ねた。

小さなコンロで缶詰を温めていたおじさんは、ちょっと驚いたみたいな顔であたしを見つめた。それから辺りをきょろきょろして、誰もいないのを確認してから「あっち行け」と呟いた。

それでもあたしはその場にじっとして、おじさんがお湯を沸かしたり新聞を読んだりしてるのを見つめていた。

「ねぇ、なにしてんの？」

「うるさいな。唄ってたんじゃないのか」

「もうおしまい」

大人の男の人は苦手だったのに、何故だかおじさんの声や表情はちっとも恐くなかった。子供向けに優しい声色を使ったり、微笑んだりしているわけでもないのに。やっぱり魔法みたいだった。

リヤカーに積んでいた蝶番《ちょうつがい》付の板をコの字型に立てて壁らしきものが出来ていて、地面に敷かれたシートの上に色々なものが綺麗に並べられていた。コンロ、ラジオ、アルミの食器、十徳ナイフ、パックのごはん、空いたところに毛布とおじさん。

「おうちみたい」

「〝みたい〟じゃない。俺のうちだ」

「おうちなの？」

「……いや、やっぱり〝みたい〟なもんかな」

ホームレスという言葉は知らなくても、そういう種類の人がいることは知っていた。でもこのおじさんは、駅前なんかでよく見掛けるタイプの人達とは違った。髪はぼさぼさじゃないし髭《ひげ》も伸びてない。前歯もあるし着ているものもボロじゃない。あたしの格好の方が汚いくらいだった。

魔法使いだ。

あたしは、そう思った。

夕暮れと同時に魔法はとける。雨の日は昼間でも魔法はかからない。その代わり、魔法使いの姿が見える。五歳のあたしは、そういう仕組みなのだと理解した。

あたしはすごく興奮して、心の中で『うわぁ、うわぁ』って思っていたけど、次に口をついて出たのは、

「これからごはん？」

魔法使いと出逢った興奮より、サバの缶詰の匂いの方が気になってしょうがなかったのだ。

「うん、ちょっと早いけどな」

「これから食べるの？」

「あぁ」

「一人で？」

「そうだ」

「ふぅ〜ん」

大人達がたいして興味がない時の相槌なんかに使うこの〝ふぅ〜ん〟を、子供はすっごく興味がある場合に使う。

おじさんもそれを分かっているみたいで、もう一度辺りをきょろきょろしてから、あたしに長靴を脱いで上がるように言った。

「そっか、お嬢ちゃんは雨の日も毎日この公園に来てるのか。じゃあ、新参者の俺の方が

仁義切らなきゃな」

ごはんをアルミのお茶碗によそいながら、おじさんはそんなことを言って、自分の暮らしについて説明し始めた。

おじさんは晴れた日は空き缶や雑誌を拾って歩くので、公園には夜中しかいない。けど、雨の日は仕事にならない。今日は、ここを寝座《ねぐら》に決めてから初めての雨だった。屋根を張るのは大変なので、本当はあたしが入っていた穴で昼寝でもしようと思っていたそうだ。

「そしたら、お嬢ちゃんがいたもんだから、しょうがなく……お嬢ちゃんって変だな。え～と……なにちゃん？」

あたしはちょっと考えてから、「あかね」と答えた。

「そうか。さぁ、あかねちゃん、食べよう」

実は、あたしの本当の名前はあかねではない。羅夢椰《らむだ》だ。ママの三番目のパパがそういう名前の車に乗っていて、その頃はママの人生で最も楽しい期間だったから、あたしの名前にしたのだそうだ。

誰かに名前を訊ねられて「ラムダ」って答えると、みんな決まって「え？」という顔をした。「どんな字を書くの？」って訊かれると、「らしんばんのらにゆめになぎ、なぎはきへんになすこうげんのな」って答えるように言われていた。意味なんか分からなかったけど、あたしはその言葉をおまじないみたいに暗記した。けど、説明しても書ける人はいなかった。あたしも書けない。ママは書ける時と書けない時がある。

そんなことが何度もあって、あたしも子供心に変な名前なのだと自覚して、ママには悪いけど公園では自分のことを「あかね」と言っていた。はっきり覚えていないけど、漫画か子供向け番組の登場人物からとったのだと思う。

「おじさんはね、なにをやっても駄目なんだ。ホームレスの中ですら他の人とうまくやっていけなくて、あかねちゃんが生まれる前から方々の公園やガード下を転々と……」

おじさんは殆ど箸を動かさずに、ずっとお話ししていた。

ブルーシートの屋根に、雨垂《あまだ》れがバラバラ音を立てて落ちていた。ラジオから、あたしの知らない大人の歌が流れていた。

あたしはおじさんの話を聞いていなかった。あたしにとっておじさんは魔法使いで決定なので、そんな嘘の設定なんかいらない。というのもあったけど、本当は食べるのに一所懸命だったから。

お湯で温めた白ごはんはホカホカで、サバの缶詰と即席のお吸い物も温かくて、すっごく美味しかった。

サバ缶の中の汁をごはんにかけて、お茶漬けみたいにかき込んでいるあたしを見て、おじさんは話すのをやめた。

「あ」

そこで初めて、あたしは自分が一人でサバ缶を食べてしまったことに気付いた。おじさんは中途半端な高さに箸とお茶碗を持って、あたしをじっと見ていた。驚いたような顔だった。無理もない、とあたしは思った。二人でごはんを食べていて、サバ缶は一つで、それを片っぽの人が全部食べてしまったのだから。

「ご……」

ごめんなさいって言おうとしたんだけど言葉が出なくて、あたしはお茶碗と箸を放り投げて駆け出した。ブルーシートの上を靴下で駆け出すのはとても危険なことだと知らなくて、あたしは見事に滑って転んで、植え込みに頭から突っ込んだ。

「おいおい」

抱き起こされ、あたしは観念して正座した。膝《ひざ》が擦《す》りむけていたけど痛みは感じなかった。それより、この後の痛みに備《そな》えないといけない。

ぶたれる。

グッと目をつむり、膝の上でギュッと拳《こぶし》を握《にぎ》った。

けど、いつまで待ってもおじさんはぶったりしなかった。

「ぶたない？」

目をつぶったまま、思い切って訊ねた。

「ぶつ？　なんでサバ缶喰われたくらいで……」

そっと目を開けると、おじさんはじっとあたしを見つめていた。やっぱり驚いたような表情だった。

おじさんは黙ってリュックからクスリを取り出し、あたしの足を手当てしてくれた。

そんなに血は出てなかったけど、膝の硬いところの皮が一枚めくれていた。

「ちょっとしみるぞ」

全然ちょっとじゃなかった。五百円玉くらいの赤い傷に消毒液をプシュッとされると、すっごく痛かった。そこだけ、神経がむき出しになってるみたいだった。

ユージくんにぶたれると、あたしはいつも大きな声で泣いてしまう。それで、泣けば泣くほどまたぶたれる。だから最近は、痛い時はグッと唇を噛んで違うことを考えるようにしている。けど、違うことって咄嗟には思い浮かばない。だからその時も、ずっと『え～と、え～と』って考えていた。

「遠慮なんかしなくていいんだぞ。腹が減ってたんだろう」

身体をこわばらせているあたしを見て、おじさんはそう言った。それから、プシュプシュしたところにフーッて息を吹き掛けてくれた。

不思議だった。熱かった傷口がひんやりして、痛みがスーッと引いていった。すっごく痛かったのに、すっごく気持ち良くなった。

やっぱり、魔法使いだ。

あたしは薄目を開けて、フーフーしてる魔法使いを見た。

改めて近くで見ると、さっきと違う印象だった。さっきは鬚がないと思ったけど、顎にも頬にもいっぱい短いのが生えていた。髪の毛も、ボサボサではないけど白い毛がいっぱいで、フケもいっぱい浮いてる。それから、シャツはヨレヨレだし襟も汚れて真っ黒だ。

一所懸命、きれいにしてる。けど、これが限界。あたしの膝どころじゃなくって、魔法使いのおじさんは全身の神経がむき出し。

そんな感じだった。

「これでよし。家に帰ったら絆創膏《ばんそうこう》してもらえよ。それと、お風呂であんまり濡らさないようにな」

あたしは頷いて、それから、こういう時はなんて言うのか考えた。たぶん「ありがとう」だけど、さっきサバ缶食べちゃったことを謝ってないから「ごめんなさい」の方がいいのかもしれない。

でも結局、どちらも言えなかった。おじさんが「もう五時だぞ。帰らなくていいのか?」と話を変えちゃったから。

「七時まで帰っちゃ駄目なの」

「え、なんで?」

「ユージくんが来てる時間は、家にいちゃ駄目なの」

「ユージくんて、誰?」

「ママのお友達」

「パパになる人?」

「分かんない。ママはそう言ってたけど」

おじさんは少し考えてから、「優しい人?」と訊ねた。

あたしは黙っていた。だけど、おじさんは「そうか」と呟いて、まるで自分がぶたれたみたいに項垂れた。黙ってたのに分かってしまった。さすが魔法使いだ。

ママにもユージくんにもウチのことは外で喋ってはいけないって言われていたのだけど、どうせバレてしまうのだと思って、あたしは、あたしんちのルールについて説明した。

ママは夜の七時から仕事に出掛けて、あたしが起きる頃に帰ってくる。朝ごはんは一緒に食べるけど、それからママは寝るので、あたしは静かにしてなくちゃいけない。テレビも観ちゃいけないし退屈なので、あたしはたいていお昼頃になると一人で公園に出掛ける。ママはお昼過ぎに起きるんだけど、その頃になるとユージくんがウチに来るので、あたしは帰れない。いてもいい日もあるけど、恐いからそっと出掛ける。

「じゃあ、ご飯は朝しか食べてないのか？」

「ううん」

ママから百円か二百円を毎日もらっているから、それでパンやラーメンを買って公園で食べる。そのほかにも、公園で遊んでいる時に顔見知りのおばさんがお菓子をくれることがある。七時過ぎに家に帰るとママはいなくて、たまにおにぎりとか置いて行ってくれてる日もある。ユージくんだけいて、ラーメンとか作ってくれる時もたまぁにある。おにぎりもユージくんもない日は、おばさん……本当はお祖母《ばあ》さんなんだけど「おばさん」て呼ばないといけない……のお店に行って、なにか食べさせてもらう。お店が忙しい日だと待ってないといけないけど。それで十時頃になると、おばさんかおばさんの店で働いてるお姉さんに家まで送ってもらって寝る。寝るまでおばさんかお姉さんが一緒にいてくれる日もあるけど、お店が忙しいと一人で寝なきゃいけなくて、ちょっと寂《さび》しい。

五歳の子供の説明だからたまに話が逸れて、おばさんのお店の酔っ払いのおじちゃんとか、顔見知りの総菜屋《そうざい》のおじいちゃんとかイカゲソとかマシュマロとか、関係ない話もいっぱい出たけど、おじさんは脱線する度に引き戻しながら辛抱強く聞いてくれていた。

おじさんは何度か「そうか」と呟いて、その都度、首を捻ったり額に手を当てたりして、どんどん項垂れていった。

そのうちすっかり日も暮れて、七時になった。おじさんはずっと考え事をしているみたいだった。ラジオは野球の中継をしていて、それは他に誰もいない雨の公園で二人のためだけに放送されているみたいだったけど、あたしはまったく聞いていなかった。

「帰るね」

顔を覗き込むようにそう言うと、おじさんは顔を上げずに頷いた。

「雨が降ったら、また来ていい？」

返事はなかった。

聞こえなかったのかと思ってもう一回「いい？」と訊くと、やっと「いいよ、おいで」と言ってくれた。

なんで急に元気がなくなってしまったのか不思議だった。ひょっとしたら、好きな野球チームが負けていたからかもしれない。

あたしはそんなことを考えながら、水たまりをばしゃばしゃ踏みながら帰った。

雨の日が、ちょっとだけ楽しみになった。


ユージくんは、あたしが小学校に入る前にいなくなった。

それからママは、とっ替えひっ替え男の人と付き合って、けれどどの人とも長続きしなかった。

あたしが十歳くらいになると、ママはしょっちゅう酔っ払っていて仕事もろくにしなくなった。そして、あたしの顔を見ると「あんたさえいなければ」という言葉をよく口にするようになった。あんたがいなければ、結婚してくれる男は何人でもいた。今頃は再婚して普通の家庭で主婦をしていたはずなのに、あんたがいるばっかりに……。

酷い台詞《せりふ》？　そうかもしれない。けど、少なくともユージくんについてはその通りだったから、あたしも変に傷付いたりしなかった。

やがて中学生になって、あたしはまともに学校へ行かなくなった。

上手く言えないけど、あたしには学校という環境がどうにも居心地が悪くてたまらなかった。教師という種類の生き物も、同級生と呼ばれる人種も、なんだか胡散臭くて芝居掛かっていて受け付けなかった。小学校まではなんとか自分を騙し騙し通ったけれど、六年が限界だった。

その頃のママは完璧にあたしに関心なかったし、学校側も二年生になってからはなにも言わなくなった。家でも学校でも厄介《やっかい》者で、あたしもそれを自覚していて、むしろそういう扱いを歓迎していた。

酔っ払ったママに小言ばかり言われる家にはいたくない。学校もつまらない。おばさんはおばさんでお店が忙しくて、ママやあたしの面倒をみている暇はない。

そこであたしはやっぱりあの公園に行き、時間をつぶした。

でも、一人でジャングルジムに腰掛けていても誰も話し掛けてこないし、お菓子をくれるおばさんも、イカゲソもマシュマロもいなかった。魔法には、年齢制限があるのだ。

そしてあたしは、街へ出た。

街は魔法でいっぱいだった。お金がなくてもごはんは食べられるし、遊べるし、友達もできる。

ただ、公園とはルールが違った。街では、なにかを得るためにはなにかを差し出さなければならない。ルールなのだからしょうがない。あたしは相手が求めるものを差し出した。

そんなこんなで、沢山の人と知り合った。同じようなことをやっている同年代の仲間も出来た。情報交換をしながら、仲間はどんどん増えていった。けど、その中には必要以上にお喋りなのや信じられないくらいトロいのもいる。あたし自身はうまいことやっていたんだけど、そんな奴らのせいで何度も補導されるハメになった。

盗むな、騙すな、吸うな、打つな、売るな。警察でも学校でも、口を揃えて同じようなことを言われた。けれど、どれもいまひとつピンとこなかった。

一人でいい、一瞬でいい。あたしを必要だと感じている誰かが、あたしには必要なだけ。そのためになにかを差し出さなければならないなら、なんだってあげる。魔法をかけるかかけられるか、騙すか騙されるか、それがこの街のルールなんじゃないの？　いい人というのは、都合のいい人のことを言うんでしょ？　優しい人とか親身になってくれる人とか、あたしは会ったことがないもん。そんなの、漫画とかドラマの中の人でしょ。相手が求めるものを差し出せば、優しさも温《ぬく》もりも手に入る。でもそれは魔法がかかっている間だけだから、あまりのめり込んじゃ駄目。あたしにはそれが分かってる。このゲームのコツが分かってる。それを知らずにのめり込んで、やれ傷付いただの寂しいだの独りぼっちだの言ってる子も大勢いるけど、あたしはそんな愚図じゃない。

補導されて連れて行かれる先々で、あまりにも温《ぬる》いことばかり言われるので、あたしはそんなことをまくしたてた。

大抵の大人達はそれで呆れるか怒り狂うかして諭すのを諦めるのだけど、「この子は、ちょっと難しですわ」

ある時、そんなことを言うのがいた。

妙に落ち着き払った関西弁のジジィだった。補導の回数も数えるのが面倒になるくらいまでいってて、地元の警察署には顔見知りも大勢いたんだけど、初めて見る顔だった。どうやら、警察とか教育委員会とかの関係ではなく、カウンセラーとか家裁の人間とか、そういった類いのようだった。

「まぁ、生粋《きっすい》ですな」

ジジィは、あたしの家庭環境とか補導歴とかが細かく書き込まれた書類を見て、あたしにではなく同席していた警察のおばさんにそう言った。

「子供の時には、誰かに必要とされとるっちゅう感覚を浴びるほど感じとかなあかん。〝この人は無条件で、いつでもどこでも自分のことを考えてくれたはる〟っちゅう存在を身近に感じて育つのが正常なんですな」

この感覚が欠乏すると、あたしみたいな人間が出来る。その人はそう言った。あたしみたいな人間ってなんなのか、当のあたしにはよく分からないのだけど。

「ある程度成長したら親の愛情を鬱陶しく感じたり、逆に親の方が手が掛からんようになってなぁなぁに扱うようになって物足りんなぁと感じたり、それがきっかけで反抗期に入るもんですわ、普通。せやろ?」

おばさんは「はぁ」と相槌を打ったけど、あたしのことを酷く気にしていた。それであたしにも、普通は本人を前にして喋るような内容ではないのだと分かった。

「この子の場合はそもそも、その前段がないがな。つまり反抗期なんかと違《ちご》て生粋の反抗体質なんですわ」

分かったのは、その人があたしよりあたしに詳しいらしいということと、そんな偉い人の見立てではあたしは正常ではないらしいということだった。

ややこしいことは分からない。自分の名前も漢字でスラスラ書けない十四歳には、正常とか異常とか、難し過ぎたし。だけど、

「分かったふうなこと言ってんじゃねぇよ」

そのジジイの言う〝キッスイノハンコウタイシツ〟が疼いたのだろう。これだけはどうしても言っておかなければならないような気がして、あたしは椅子から立ち上がって言った。

「いつだって、あんたみたいなリョーシキだのジョーシキだの振りかざす人間が……」

「黙《だ》ぁっとれ、クソガキッ！」

ジジィはあたしの言葉を遮って、拳でデスクを叩いた。びっくりするくらい大きな音がして、灰皿が転げ落ちた。

「家庭が壊れとるとか、学校が荒れとるとか、向こう三軒両隣が機能してへんとか、儂《わし》の知ったことか！　んなもんハナからあれへんとこから、儂らはこの国を作ってきたんじゃ、ボケェ！」

なにを言っているのか分からなかった。分からなかったけれど、ジジィの剣幕に気圧《けお》されて、あたしはストンと椅子に落ちた。恫喝されると反射的に畏縮《いしゅく》してしまうのは、幼い頃からの癖だ。だけどそれは、街に出るようになっていくつか修羅場と言えそうな場面を経験して、矯正したはずだった。

「いっつもだ。あんたみたいな人が、いっつも、あたしから大切なモンを取り上げるんじゃやねぇか……」

気付いたら、あたしは何年振りかで泣いていた。街で出逢った同年代の女の子達はやたらと涙もろくて、チャンスがあればとにかく泣いていて、あたしは意地でも泣くもんかと思っていたのに。

ジジィはよほど驚いたのだろう、振り上げた拳の下ろし場所が見付からないみたいに

「あ、ぁ、すまん、堪忍《かんにん》」と詫びた。

「いや、せやからな、お前みたいな奴こそ、負けずに頑張ったらえぇがなっちゅうことを言おうと……」

ジジィはその後も、取り繕うみたいに色々な言葉を継《つ》いでいた。

あたしもさっきと違って、それらの言葉の意味はなんとなく理解できた。だけど、五歳児みたいに泣きじゃくりながら、

「いっつも、そうだ……あんたみたいな人間が……」

まだ同じことを言っていた。

決してそのジジィが、あたしの大切なものを奪ったわけではないのに。

雨が降る度に、五歳のあたしはおじさんとごはんを食べた。いつもサバ缶と白ごはんとお吸い物だったけど、あたしは飽きるどころか雨の日が待ち遠しくてたまらなくなっていった。

おじさんは、ブルーシートに上がる時に長靴を揃えて置くこととか、箸の持ち方とか、食べる前に「いただきます」、終わったら「ごちそうさま」と言うことなんかを一つずつ丁寧に教えてくれた。食べる時は正座して、喋ってもいいけど、口の中の物を飲み込んで

からじゃないと駄目とか、けっこう難しいことも言われた。

最初のうちは温かいごはんを食べるためだと思って嫌々おじさんの言うことをきいていたあたしも、わざとかしこまった感じでごはんを食べたり、おまじないみたいに手を合わせて「いただきます」「ごちそうさま」なんて言うのが楽しくなってきた。それはなんだか、変わったゲームでもやってるみたいな感じだった。

ゲームと言うと、おじさんとあたしの間には変な遊びもあった。

それは、おじさんがあたしのことを「かずみ」って呼んで、あたしが「なぁに、お父さん」って言って、それからおじさんがあたしのことをギュッて抱き締めるという遊びだった。

おじさんはあたしに負けないくらい臭かったし、首の辺りで「ごめんな、かずみ」なんて言われるのはくすぐったかったし、すっごく強くギュッてされて苦しい時もあったけど、あたしはケラケラ笑って「うわぁ〜、ぐるじぃ〜」なんてはしゃいでいた。

その遊びは、いつも決まってごはんを食べ終わって七時がくるのを待ってる時、ほんの一分くらいの間に行なわれた。

おじさんがいつもそれをしたがってるのは分かったけど、でもおじさんは雨の日の三回に一回くらいしかやらなかった。あたしは臭いのと苦しいのとくすぐったいのを我慢するだけだったから、いつも「ギュッてする？」って言ってあげたんだけど、おじさんは三回に二回は膝を抱《かか》えて「いや、今日はいい」なんて断わった。

あたしは、そんなおじさんが大好きだった。

だけど、その日はなんの前触れもなくやってきた。

雨だった。

あたしは長靴履いて傘さして、スキップで水たまりを踏みながら公園に向かった。

おじさんに色々教わりたい気持ち二パーセント、ギュッてされたい気持ち三パーセント、サバ缶で温かい白ごはんを食べたい気持ち九十五パーセントで。

でもその日、いつもならおじさんしかいないはずの雨の公園に数人の大人達が集まっていた。

お巡《まわ》りさんが二人、大きな身体をした背広の男の人が一人、女の人が一人。その四人に囲まれて、魔法使いのおじさんが項垂れていた。

おじさんのリヤカーの向こうに、パトカーが停まっていた。回転する赤い光がブルーシートの屋根を毒々しい色に点滅《てんめつ》させていて、あたしの胸の中に空よりどんよりした雲が渦《うず》巻《ま》いた。

ラジオは鳴っていなかった。その代わり、無線でやり取りする声が聞こえた。サバ缶の匂いも漂っていなかった。その代わり、傘を両手で握って首をすくめたら、自分の臭いがした。

あたしはそれらの音と臭いを感じながら、公園の入り口で立ち止まって、じっとしていた。

おじさんがあたしに気付いた。口が動いたけど、言葉はあたしの耳に届く前にコアラの辺りで消えた。

おじさんを取り囲んでいた中の一人が、あたしに近付いてきた。女の人、公園で会う優しいおばさん達より若い、お姉さんだった。

「あかねちゃん？」

その人は、膝を曲げてあたしと同じ視線まで下りて、にっこり微笑んだ。見たことがないくらい優しそうな笑顔だった。こんな笑顔をする人に「違うよ、ラムダだよ」なんて言うのは悪いような気がして、あたしはコクンと頷いた。

「恐そうな大人の人がいっぱいで、びっくりしちゃったね。私のことも恐いかな？」

ブンブン首を振ると、お姉さんは更ににっこり笑った。

事態が飲み込めずに固まっているあたしに、お姉さんは丁寧に説明してくれた。

ホームレスが公園で幼い女の子にいかがわしい行為をしている。

あたしとおじさんがごはんを食べたり、ギュッてしているところを見ていた誰かが、警察に電話をしてそう言った。その誰かは、この公園で遊んでいる誰かのお母さんで、あたしのことを知っていた。

お姉さんは「いかがわしい行為」のところを「変なこと」と言い直した。

それがなにを指しているのか分からないので、あたしは黙って考えた。

ごはんを食べたりギュッてすることが変なことだとは思えなかった。本当は羅夢梛なのにあかねと名乗って、更にたまにおじさんにかずみって呼ばれていることは、ちょっと変かもしれない。

そんなことを考えていたら、なにがなんだか分からないうちにあたしはパトカーに乗せられて、警察署まで連れて行かれた。

「ほら、パトカーだよ。嬉しい？　女の子だからあんまり興味ないかな？」

優しいお姉さんは、警察署に着くまでずっとあたしに話し掛けてくれていた。

警察署に着くと、ママとユージくんがいた。

「羅夢梛！」

ママは大声で叫んで、廊下の端からあたしに向かって駆けてきた。あたしはてっきりぶたれるのだと思って逃げ出そうとしたんだけど、あっさり捕まってしまった。

「ごめんなさい！」

一所懸命、謝った。でも何故だかママはぶったりしなくて、あたしを抱きしめた。おじさんのギュッより強くて、苦しいのを通り過ぎて痛いくらいだった。

「羅夢梛ぁ、心配させんなよなぁ」

ユージくんはそう言って、見たことのない笑顔であたしの頭にそっと手を置いた。

公園じゃないのに、あのおじさんはいないのに、魔法にかけられたみたいだった。

「ラムダちゃんていうの？　あかねちゃんじゃないの？」

お姉さんの顔に、いっぱい「？」マークが浮かんでいた。

あたしはお姉さんにとって、ホームレスと一緒に食事をして、いかがわしい行為をされて、親の顔を見て逃げ出そうとする偽名《ぎめい》を持った五歳児なのだ。無理もないと思う。

それからあたしは応接間みたいな部屋に連れて行かれて、お姉さんに色々と質問をされた。

ママとユージくんも一緒に来るように言われたけど、ユージくんは「仕事あるんで、いいッスか？」と言って帰って行った。あたしはユージくんが仕事なんかしていないことを知っていたけど、別にそれは言わなかった。いなくなってくれるだけで、ちょっとホッとしたし。

そこであたしは、おじさんと公園でなにをしていたのか細かく訊ねられた。

お姉さんは今まで会った大人の中で一番優しそうな人だったから、そんな人に嘘はつけないと思い、あたしは最初におじさんと会った時のことから順番に説明した。

「それだけ？　ギュッてされただけ？」

お姉さんは何故か不満そうだった。あたしはなんとか期待に応《こた》えたいと思ったのだけど、お姉さんがなにを求めているのか分からないものだからコクンと頷くしかなかった。

あたしの後ろには、ずっとなにかを書き続けている人がいて、部屋にはカリカリとペンの音が響いていた。なんだか急かされてるみたいな感じがして、あたしは、まだ誰にも言っていなかった秘密を小声で教えてあげた。

「あのおじさんはねぇ、魔法使いなんだよ」

カリカリが止まった。お姉さんがニッコリ笑った。ママも、困ったような顔だったけど「ちょっとぉ」と言って笑った。

自分が言ったことで大人達が笑ってくれるのは嬉しいことだったけど、真剣に話してる時に笑われるのはなんだか気に入らない。

「ホントだよ」

誰も信じていないようなので、もう一度言った。

だけど、お姉さんもママもカリカリの人も「はいはい」という感じで、ちっとも本気にしてくれなかった。

このお姉さんはとてもいい人だけど、ちょっと馬鹿だ。そういえばさっきも、すぐにあたしのことをぶつユージくんのことを「いいパパ」だと言って、ギュッてしてくれるおじさんのことは「危ない人」だと言っていた。なんにも分かってない。

あたしはそんなふうに思いながらビスケットを口の中に詰め込んで、なんとか分からせてあげる術はないものかと一所懸命に考えた。

ジュースを飲んでビスケットを食べてる間、お姉さんとママはお話を始めた。

子供の証言だけではなんとも言えないので、念のため病院に連れて行って診察を受けてもらいたい。お姉さんはそう言ったけど、ママはそこまでしなくていいと断わった。

するとお姉さんは「ちょっと」と言って席を外し、応接室の近くにいた背広の人と少しお話しして、すぐに戻って来て小声で言った。

「実はあの男、前があるんです」

「前って、前科ですか？」

「ええ、傷害致傷《しょうがいちしょう》の。被害者は自分の娘でした。ちょうど、あか……ラムダちゃんくらいの歳でした。だから、念のために診《み》てもらった方が」

「いやです。あ、いえ、いいです。こんなに元気なんですから」

そんなやり取りがあって、お姉さんの方もちょっと諦めかけて、それからちょっとしてカリカリの人はいなくなって、なんだか全部がお終《しま》いになりそうな感じになった頃、おじさんが魔法使いであることを証明したいあたしは、素晴らしいことを思い付いた。

「あのね、あのね、ここ見て」

あたしは長靴を脱いでソファの上に右足を持ち上げ、もう殆ど治りかけていた膝の傷を見せた。

「おじさんがね、フーッてしたらね、痛くなかったんだよ」

必死で訴えてるのに、お姉さんもママもきょとんとしてあたしの顔を見つめた。顔じゃないってば、ここ、お・ひ・ざ。

「ちょっと羅夢椰、あんた今日ちょっとおかしいよ。もういいんだよ。もう喋んなくて……」

ママが言ってるのを、お姉さんが「お母さん」って遮った。

「ラムダちゃん、それ、あの公園のおじさんにやられたの?」

「うん……あ、ううん」

「どっち?」

「んとね、自分で転んだの。でね、おじさんがプシュプシュしてくれたの」

あたしが訴えたいこととお姉さんが訊きたいことが違うものだから、話はすれ違っても
つれてこんがらがって、ちっとも魔法使いの方に向かわなかった。

「じゃ、おじさんに押されて転んだりしたわけじゃないの？」

「うん。あぁ、もう、そんなのどっちでもいいの！　すっごく痛かったのに、フーッてし
たら痛くなくなったの！　だから魔法使いなの！」

あたしは焦《じ》れったくなって、ソファの上でピョンピョンしながら叫んだ。

そして、言った。

「ほかの痛いところなんか、自分でフーッてしても、ちっとも治んないんだよ。ほら」

あたしはトレーナーをめくって、脇腹《わきばら》のあざをお姉さんに見せてあげた。

お姉さんは「あ……」と呟いて言葉をなくした。

ママが慌てて「ちょっと、羅夢梛！」って叫んだけど、遅かった。

お姉さんのリアクションが気に入ったあたしはどんどん脱いでいって、背中も腕も腿も
お尻も、全部見せてあげた。

「ね、ここもここもここも、いくらフーッてしても痛いままなんだよ」

あたしは、おじさんが魔法使いであることを証明したかっただけなのに、何故か病院に

連れて行かれて身体中を検査された。病院なんか初めてだったから、恐いし痛いし嫌だった。だけど、お姉さんが少し恐い顔で「我慢するの」と言ったので、あたしは我慢してあげることにした。

そして、なにがどうなってそうなったのかあたしには一つも分からなかったのだけど、暫くしてユージくんが警察の人に連れて行かれた。ママも一緒に連れて行かれて、あたしは何日かおばさんちで寝起きすることになった。

ママは数日で戻って来て、もとのアパートであたしと一緒に暮らしだしたんだけど、ユージくんは二度とウチに来なくなった。ママが寂しそうなのが可哀想だったから言わなかったけど、あたしは『もうぶたれないんだ』と思って、ちょっと嬉しかった。

ちょっと嬉しかったのだけど、魔法使いの件がちっとも本気にされなかったのは大いに不満だった。病院で痛いのと恐いのを我慢しながら、終わったら絶対言ってやろうって思っていたのに、それからお姉さんと会うことはなかった。

そして、おじさんもリヤカーと一緒にどこかへ消えてしまった。あたしは家にいても叱られなくなったんだけど、毎日公園に行った。雨の日も行った。

おじさんはいなかった。

でも、晴れた日はイカゲソやマシュマロ達がいて、優しいおばさん達もいたから、きっとどこかで魔法をかけてくれているのだと思っていた。

　十五歳になってすぐ、あたしはある施設に入れられた。寺の住職が無償《むしょう》で運営する、問題児達の更生施設だった。

　家庭レベルの共同生活も送れない者が学校という枠《わく》に大人しくおさまるワケがない。かといって鑑別所《かんべつしょ》や少年院に送られるようなヘマもしない。そういう者達に、強制的に共同生活というものを叩き込む施設だそうだ。

　警察署であたしを怒鳴ったジジィの口添《くちぞ》えだった。

　ジジィは元弁護士で、七十五歳で引退した後、全国の少年院や警察署を渡り歩いてカウンセリングをやっているとのことだった。

「まず、家を出ることやな」

　ジジィは勝手に決めて、あたしは半《なか》ば強制的にその施設に入れられたのだった。

「儂、お前みたいな子にホンマ期待してんねんで、あかね」

　入所の日、ジジィはそう言ってあたしの肩を痛いくらい叩いた。

「なにそれ?」

「家庭とか学校とか、そんな枠組みを大層なもんみたいに言うとるけど、そろそろ取っ払って足掻《あが》いて足掻いて一から築いてく奴もおったらえぇねん」

「はぁ？」

「分からんか、ほなえぇわ。まぁ気張りや、あかね」

あたしが「ラムダだって」と言うと、ジジィは「横文字は好かん」と笑って去って行った。

施設を運営する住職も、ジジィに似た人だった。

わりと簡単に入所者を殴《なぐ》る人で、あたしもさんざん殴られたけど、それはユージくんやその後ママと付き合った男の人達が振るう暴力とは違っていた。なにが違うのかって問われると難しいんだけど、とにかく殴られてるあたしが言うのだから間違いない。けっこう違った。あれかな、殴ってる方も痛そうだったからかな。

それはともかく、そこは一つ屋根の下に暮らす者のルールというものを教え込む施設で、実際のところ箸の上げ下げやら簡単な挨拶やら、とにかく細かく仕込まれた。

他の入所者の中にはどうしても「ありがとう」や「ごめんなさい」が言えない三歳児みたいな子も多かったけど、あたしは苦もなく出来た。

これには住職やその奥さんも、ちょっと意外な顔をした。

あたしは『失敬《しっけい》だな』と思った。ママは駄目な人間だけど、あたしは駄目じゃない。日常生活の礼儀は、公園の魔法使いに仕込まれている。

あたしは入所者の中で若い方だったんだけど、そんなこともあって、わりとお姉さんキャラとして扱われるようになった。

お姉さんキャラは、他の子より仕事を言い渡されることが多い。出て行った子を探して説得したり、飲酒や喫煙やいじめを告発したり、落ち込んでる子の相談相手になったり。

その代わり、小さなコミュニティにおいて最も価値ある〝信用〟を手にすることができる。あたしに対する監視の目は、入所者の中で最も緩《ゆる》かった。

ほどほどに色気付いてきたティーンが男女一緒に寝食を共にする環境というのは、いくら普通の家庭より規律に厳しいとはいえ、そこはそこ、言ってみれば盛《さか》りが付いた犬や猫を一ケ所に住まわせてるようなもので、でも犬や猫より知恵はあるわけで、いろいろと面倒なことが起こる。

あたしは価値ある信用を利用して、その施設である男とデキて子供を孕んだ。相手は十七で、あたしは十六だった。

すったもんだあったけど、あたしは男の子を産み、楚羅と名付けた。ママに倣《なら》って子供時代の楽しかった思い出に因《ちな》んだ名前にしようかとも思ったんだけど、そうするとサバ缶とか白ごはんになってしまうのでやめておいた。それはともかく、楚羅を産んで暫くして、あたし達は施設を出て三人で一緒に暮らし始めた。

若い頃に色々と問題があった人間はきっかけさえ与えてやれば真直ぐに育ち、貧しくとも健《すこ》やかな家庭を築ける。なんてのは幻想で、男はすぐに働かなくなり、そのうちどこかへ消えた。レアケースはレアケースたればこそ話題になるということだ。子供は、養護施設に預《あず》けしょうがないから、あたしは住職に泣きついて施設に戻った。子供は、養護施設に預けなければならなかった。

住職は殴らなかったし怒鳴りもしなかった。ただ、「よくヤケを起こさなかった」と言ってあたしをギュッてした。そして、あとの細かいことは奥さんに任せた。

奥さんは住職と違ってとても現実的な人で、あたしと子供がどうやって生きていくのかという話をした。

奥さんは二つの選択肢をあげて、あたしに「決めなさい」と迫った。ひとつは子供を施設に預けたまま、あたしはあたしで生きて行く。もうひとつは、すぐに仕事を見付けて、自分で子供を育てる。

「預けたままにするなら、あの子とはもう二度と会えないよ」

奥さんは眉一つ動かさず、そんなことを言った。

あたしは後者を選んだ。

子供が可愛いとか自分で育てたいとか、そんな立派な考えではなかった。あんな痛い思いをして産んだのに、あっさり手放したのでは痛い思いをしただけ損だと思ったからだ。

「そうね。それが本音、本能よね」

奥さんは、やっぱり眉一つ動かさずに言った。

「いま言ったこと、一生忘れちゃ駄目だよ」

それで、あたしと子供の進行方向が決まった。「え〜と、ちょっと……」と言いかけたけど、奥さんは聞いてくれなかった。

気紛《きまぐ》れな答えだったけど、確かなことが一つだけあった。

楚羅と名付けたその子は、あたしに抱かれていないと眠ることの出来ない子だった。あたしは生まれて初めて、本当に必要とされているという感情を覚えた。楚羅を、と言うよりも、その感情をあたしは失いたくなかった。

あたしはその後、一年半ほど施設で食べさせてもらって、十九になると同時に子供とともに小さなアパートを借りて二人で住むようになった。

住職は工場とか新聞販売所を紹介してくれたけど、むいてなかったので断わった。それで、住職はいい顔をしなかったけれど、あたしはおばさんの店で働くことにした。中卒の女が食べて行くとしたら、スナック店員なんか最も健全な部類の職業だろう。

住職の心配は水商売に偏見があるからではなく、生活パターンが子育てに不向きだということと、男と出逢う機会が多いということだった。内心、早くいい男をつかまえて一緒になって家庭に収まりたいと願っていたあたしには、前者はともかく後者は願ったり叶ったりな就労環境だったのだけど。

住職の心配は適中した。

働き始めて数ヵ月後、あたしは客の男とデキて子供を孕んだ。男は妻子持ちで、妊娠したことを告げると三十万円を置いてどこかに消えた。堕胎《だたい》費用プラス手切れ金だったようだけど、あたしはその子を産んだ。

けど、もう誰にも泣きつかなかった。住職に「ほら見たことか」なんて言われるのはしゃくだったし、ママやおばさんに頼るのなんか、もっとしゃくだったから。

あたしは、まだ気付いていなかった。

誰も指図なんかしていないのに、自分で行く道を選ぶことは出来たのに、あたしは自然の流れに誘われるようにママと同じ方向へ向かっていた。

二人目の子は女の子で、星羅と名付けた。

子供を二人も抱えて街をぶらぶらするのは面倒で、かといって家に閉じ籠っているのも気が滅入った。

そしてあたしは、あの公園に戻って来た。

楚羅と星羅を芝生に転がして、あたしはジャングルジムに腰掛けて時間をつぶした。

もちろん、イカゲソもマシュマロも優しいおばさん達もいなかった。その代わり、同じような子供とおばさん連中は大勢いた。楚羅と星羅も、芝生に転がしておけば自然と他の子と遊んでいた。時が経っても公園は公園で、あの頃と違うのはあたしがおばさん側になったことと、魔法使いのおじさんがいないことくらいだった。

あたし以外のおばさん達は、毎日集まってはぺちゃくちゃ下らないお喋りをしていた。だけど、あたしは加わる気にならなくて、毎日ジャングルジムに座って同じ場所から同じ空を見ていた。

昔も同じ場所から空を見た記憶はあったけど、十数年で景色はかなり変わっていた。倉庫の屋根と数本の煙突しか見えなかった桜並木の向こうには、ニョキニョキとでっかいマンションが建っていた。まだ鉄骨しか組まれていない建設中のもあって、そのてっぺんで赤いクレーンがゆっくり動いていた。

あたしは気紛れにその風景を写メで撮ったり煙草を吹かしたりしながら、昼過ぎから出勤までの数時間をジャングルジムの上で過ごした。

おばさん達はちっとも会話に加わろうとしないあたしの存在を気にしていたようだけど、あたしはあたしで平穏な日々を過ごしていた。だって、朝の四時まで働いてるし、星羅は二時間おきに泣いて乳ねだるし、そんなこんなでとにかく眠いし。

だけどその平穏な日々は、ある日、なんの前触れもなく破られた。

「ねぇ、お節介《せっかい》かもしれないけど」

星羅をできるだけ身体から離して抱いて、芝生まで持ってってゴロンて転がした時、一人のおばさんが話し掛けてきた。

星羅は家を出た時からずっと泣いていた。よくあることなので、おばさんはいつか言ってやろうと思っていたみたいだった。

「そんなに、汚いものを触るみたいに抱かないの」

だって、本当に汚いのだ。

そう言おうと思ったけど、おばさんは「ね〜、可哀想に」と言って星羅を抱き上げた。でも、すぐに気が付いて「うわっ」と慌てた。ほらね。

「ちょっと、なんですぐに替えてあげないの？　おしめからはみ出てるじゃない！」

おばさんの胸に、星羅のうんこが茶色いラインを引いていた。

「だって、替えてもどうせすぐもらすし」

「そういう問題じゃないでしょ」

苦手だ。こういう人はすごく苦手だ。だからあたしは鉾先《ほこさき》を変えて、「うんこ出たら泣いてないで言えっつってんだろ、このクソ野郎」と星羅の頭を叩いた。

あたしとしてはけっこう上級の愛情表現なんだけど、その台詞もこのおばさんにとってはNGだったらしい。すごい剣幕で「クソ野郎なんて言わないの！」と怒鳴った。

「クソ野郎で充分でしょ。寝て起きて飯喰ってクソ垂れてるだけだもん」

「それが子供の仕事じゃない」

あたしは内心『仕事ってなんだよ』と思いながら「あ、そうなんだ。すみませんね、馬鹿で」と詫びた。

面倒臭い。もう喋りたくない。

あたしは背負っていたデイパックからおしめを取り出し、ついでにブツブツ言ってるおばさんにウェットティッシュを一枚あげた。

数メートル離れたところで、二人のおばさん達がこちらの様子を窺っていた。少し離れたところで一人ベンチに座ってたおばさんも、こっちを見ていた。

あたしはグズグズ泣いている星羅を仰向けにして、おしめ交換の一大プロジェクトに取り掛かった。んだけど、ウェットティッシュでシャツを拭いてたおばさんに「ちょっと」

と止められた。

「なに?」

「そんな乱暴にしちゃ駄目。いい? 見てて」

おばさんはあたしを押し退《の》けて、M字開脚してる星羅の正面に膝を突いた。そして、あたしが文句を言うより早く、鮮やかな手付きで星羅の汚れたおむつを抜き取り、ちっともうんこに触れずにおむつを小さく丸め、素早くウェットティッシュでお尻から背中方面まで広がっていたうんこを隅々まで拭い、新しいおしめを装着した。まるで老舗《しにせ》の寿司職人が巻き寿司でも巻いてるみたいな手さばきだった。

いつもあたしがおしめを替える時は火が付いたように泣きじゃくる星羅も、あまりに素早い作業に泣くタイミングを失って面喰らっていた。

「ほら出来た。気持ちいいでしょ～」

おばさんにポンとおなかを叩かれて、星羅は気持ちよさそうに笑った。

魔法みたいだった。

「分かった? こうするのよ」

言葉が出なくて、あたしはコクンと頷いた。

「最初から上手に出来ないでしょうけど、優しくね」

コクン。

「それから、できるだけ話し掛けてあげてね」

コクン。

「それからね、子育てには綺麗な水が欠かせないの。浄水器、買った方がいいわよ」

コク……いやいや、なにそれ。

その日を境に、新しい日々が始まった。浄水器のローン返済に追われるようになったわけじゃない。

そのおばさんは結局、あたしに浄水器を売り付けたくて近付いてきただけだったらしく、きっぱり断わるとそれ以降は目も合わせなくなった。

その代わり、遠くからあたし達のやり取りを見ていた三人が、なにかというとあたしと子供達に構うようになったのだ。

どいつもこいつもあたしのことをよく見ていて、なにか気に入らないことがあると注意して、それをきっかけに食事やお風呂やしつけについて、ああでもないこうでもないって会話が広がる。

全員、魔法使いみたいだった。誰一人、優しくはないけど。

まだ自分でチーンて出来ない子の鼻が詰まったら口で吸ってあげるなんていう、グロい技を持つ魔法使いもいた。

あたしは基本、べたべたしたくないので積極的に会話に加わらないけど、そっと聞き耳を立てる。本当は覚えることがいっぱいあり過ぎて、ケータイにメモったり写メで撮ったりで、大変だったのだ。

メモも写メも大量にたまって、とてもじゃないけど覚えきれなかった。だからあたしは、話をしてない時でもジャングルジムの上でずっと復習してないといけない。

「あんたなんかに、子供をまともに育てられるわけがない」

皮肉なもので、ママに言われたその言葉が、あたしを素直にさせていた。

あたしは馬鹿だ。

ちゃんと時間を決めてごはんを食べさせようって思っても、三日ももたない。おむつも上手に替えられない。抱っこも苦手だし、泣いてるのをあやすのも下手、話し掛けろって言われてもなにを話せばいいのか分かんないし、すぐ男と寝るし、そのために一晩くらい二人を放っておくこともあるし。

あたしは馬鹿だ。でも、間抜けじゃない。ママとは違う。

ママは今では「色々あったのよ」って顔をして、スナックのカウンターに座ってる。男癖が悪いのは相変わらずで、今は七十くらいのジジィと付き合ってる。

なにもかもをママのせいにするのは簡単だけど、それでどうなるってわけでもない。縁を切るでもなく、お金とか仕事とか子供達を数時間預けるとか、利用出来る部分は利用させてもらってる。

あたしにとって子供達は失敗の象徴だ。きっとあたしも、ママにとってそうだったのだろう。

でも、あたしはママとは違う。

失敗かどうかなんてこれから次第なんだって、分かってる。

そして、あたしには公園の魔法使いがいる。

「ララママ、これあげる」

考え事をしていたら、男の子がジャングルジムの下で手を伸ばしていた。シロツメクサの花を束ねて作った輪っかだった。ララママってなんだよ、あぁ、羅々ママってことか。遠くの方で、他のママさん達も同じものをもらっていて、こっちを見て手を振っていた。なんのつもりか知らないが、みんなに配っているようだ。

首飾りには小さいし、冠《かんむり》には大き過ぎる。中途半端な輪だった。

「ララママの髪、真っ白だから似合うと思うんだ」

あたしは黙って受け取った。すごく不安そうな顔をしていたので、ご要望にお応えしてキャップを脱いで頭に載せた。

可愛い子だった。将来、いい男になりそうだ。

「あたし、なんにもお礼出来ないんだけど」

「いいよ。あげたかっただけだから」

「じゃあ、十年くらい経ったら一発ヤルか？」

「なにを？」

そのきょとんとした顔が可笑しくて、あたしは一人で笑ってしまった。ものすごく久し振りに、声を上げて笑った。

小さく「ありがと」と言うと、その子は弾けたような笑顔で「どういたしまして！」と叫んで駆けて行った。

そうか、分かった。この子は、誰かに「ありがとう」と言われるのが嬉しくてしょうがないのだ。それでみんなに配って歩いているのだ。確か、マシュマロがそういう子だった。

あたしは元気に駆けていく後ろ姿を見つめながら微笑んだ。こんな穏やかな気持ちになるのも、随分と久し振りだ。

きっと彼も、魔法使いなのだ。

『ドーイタマシテ』は魔法の呪文。みんなを笑顔にする不思議な言葉。
『ジョースイキ』も魔法の呪文。みんなを不快にさせる不思議な言葉。
公園は、魔法使いだらけだ。
あと、足りないものはなんだろう。
そうだ。温かいごはんと、ギュッてすることだ。
それは、自分でどうにかするしかない。
それも、分かってる。
あたしは馬鹿だけど、間抜けじゃない。

解説——多くの人に味わって欲しい、最高の連作短編集

法政大学教授・翻訳家　金原瑞人《かねはらみずひと》

何を隠そう……というか、ちっとも隠すことなんてないんだけど、ぼくは堂々と三羽《みつば》省吾《しょうご》のファンである。そんなことを宣言されると、作者はいやがるかもしれないけど、そんなのは知ったことじゃない。

たとえば、『太陽がイッパイいっぱい』はタイトルのひねり方、おもしろさでいえば、清水義範《しみずよしのり》の『バラバラの名前』に並ぶ。このセンスの良さは作品自体にもそのまま表れていて、まったく、これが処女作か？　と思うほどの完成度だ。これが新人？　と思うほど楽しい。これに限らず、この人の作品はどれをとっても、読んでいて、ついついにやにやしてしまうくらいに、うまい。

たとえば、二〇一〇年に出た『ニート・ニート・ニート』。タイトルもじつにすてきだ（'neat'と'neet'の語呂合わせなんだけど、詳しいことを知りたい方はぜひ、読んでみて欲しい）。そして作品自体、乱暴で切実で、厳しくて優しい。読み終えてすぐに、ある新

聞の書評に取りあげた。

こんな感じだ。


レンチは「二十歳を過ぎた頃から常に同時進行で複数の女と付き合っていて、いつも誰かの所へ寄生して」いたところ、それが災いして女と暴力団に追われるはめになった。そこで中学時代の同級生をふたり巻きこむことにした。ひとりは、会社の古い寮で煙草《たばこ》を吸っていたニートになりたてのタカシ。もうひとりは、二年前に大学を自主退学して以来ずっと引きこもりになっていたキノブー（こちらは家に押しかけて、ＯＡ機器のケーブルでぐるぐる巻きにして、車の後部座席に放りこんだ）。

生産性ゼロながら強引さとパワーだけはあるレンチ、なんとなく状況に流されてしまう自主的行動力ゼロのタカシ、ゲームソフトとＤＶＤとＣＤと本の暗い部屋から引きずり出されたキノブー、この三人に途中から十五、六歳の女の子（ファッションとかカワイイという言葉とはまったく無縁で、妙に機械に詳しい）が加わり、連帯感ゼロの四人は一路、北海道へ！　待っているのは冒険か、それとも暴力団か。

言葉と状況がいつも過激な三羽省吾の、だれひとり痛快な活躍はしないのに、痛快なヤングアダルト小説。これを読んでふと思い出した若者映画が二本。『ロック、ストック＆

トゥー・スモーキング・バレルズ』と『ノッキン・オン・ヘブンズ・ドア』。ぜひ一緒に。

以後、数週間は、だれかに会うたびに『ニート・ニート・ニート』『ニート・ニート・ニート』『ニート・ニート・ニート』とささやきかけていた。

しかし、しかし、しかし、三羽省吾の作品のなかでいちばん好きなのはこれ。

『公園で逢いましょう。』

この本が出てからしばらくして、NHKの「週刊ブックレビュー」という本の紹介番組に出た。ゲストの三人がそれぞれ三冊ずつ紹介するんだけど、そのときのぼくの「おすすめの一冊」がこれだった。無事収録を終えて、雑談になったとき、司会者、出演者のなかの数名が「本当に、あの本、よかったです」といってくださった。この番組、もう何度も出ているけど、同じような反応をいただいたのは、ほかには梨木香歩《なしきかほ》の『家守綺譚』を「おすすめの一冊」で紹介したときだけだ。

そういう本って、なかなかない。

さて、『公園で逢いましょう。』というこの連作短編集、舞台は、市営アパートの近くにある『ひょうたん公園』。登場人物は、そこに集まってくる「五人のママと六人の子供達」。

・恐ろしく地味な眼鏡のママ、二十五歳。息子はユウマ。

・入魂のナチュラルメイクをして、がちがちブランド物で固めた格好のママ。子供のアキちゃんは「二日酔いのおっさんみたいな顔をしてい」て、「七―三で男だけど、微妙」。
・最年長で、四十二歳だけど、そうは見えないほど綺麗でおしゃれで、仕切りたがり屋のママ。息子はサトル。
・最年少の二十歳で、「髪も眉も真っ白に染め」て、ほかのママとほとんど接しようとせず、ジャングルジムに腰かけてメールに夢中のママ、一名「羅々《らら》ママ」。子供は「仏恥義《ぶっちぎ》理《り》テイストあふれる名前」の楚羅《そら》くんと星羅《せいら》ちゃん。
・「物言わぬ者を見ることが」自分の役目だと思い、子供達からつねに目を離さない、いや、離せないママ。息子はダイちゃん。
　こんなママのうちの四人が、各々の視点から、ほかのママを眺め、子供達を眺めて、自分を考え、自分の子供を考え、そして過去に思いをはせる。

　それぞれの過去を持つそれぞれのママの目に映るほかのママや子供達は、それぞれに少しずつ違っている。そんなママ達の過去は、どれも、どこか屈折していて、どことなく切なく、鮮《あざ》やかに読者の胸を突く。

　近所の琢矢《たくや》くんと小学校登校時に起こった事件、サッカー選手の彼氏の最後の地域リーグ決勝大会、高校の吹奏楽部にいたトランペットプレイヤーとの出会いなどなど……そんなエピソードが核となった短編ひとつひとつが、そのままひとつひとつの世界となって輝いている。

「春の雨」「アカベー」「バイ・バイ・ブラックバード」と、三つ、そんな短編が続く。

そして次の短編「アミカス・キュリエ」は、いきなり、そんなママ達とは違うコミュニティーのママの夫が主人公で、妻が友人の結婚式に出席するというので、一日、子供の面倒を見ることになる……という、この設定、この転換こそ、まさに三羽省吾の持ち味。読者を一瞬たりとも、安心させてくれない。びっくりさせて、そして楽しませてくれる。

主人公の「俺」は、ひょうたん公園にいって、常連のママや子供達とまじわりながら、ふと過去を振り返る。

六年前、塾の講師をやっていて、友人達と毎年やっている忘年会に遅れて駆けつけたところ、同じ店で開かれていたほかの高校の同窓会のメンバーに「あれ、久保《くぼ》っち?」と声をかけられて(彼自身、偶然にも久保という名前だった)、その宴会の席に連れて行かれてしまう……という、このとんでもない設定を、いやおうなく読者に納得させてしまうところがすごい……んだけど、そのあとの展開がさらに素晴らしい。

思わずうなってしまった。

ところが、それに続く最後の一編、「魔法使い」は、一編の短編として、そして連作短編集のまとめとして最高の出来だと思う。

それまでの四編を見事に集約して、見事にひっくり返してくれるのだ。最後の最後で足を掬《すく》われて感動させられる悔しさと楽しさを存分に味わわせてくれる。

じつは、『公園で逢いましょう。』を読んで、すごいなあと思って、「週刊ブックレビュー」で取りあげるときに読み直した……んだけど、この最後の一編だけは読み返さなかった。そして、今回、この解説を書くとき、再び頭から読み直した……んだけど、この最後の一編だけは読み返さなかった。読み返して、最初のときの感動が薄れるのが不安だからではない。章扉の「魔法使い」という文字を見ただけで、思わず目をつむってしまうのだ。

この短編を読み返すのはいつだろう。今回もまたそんなことを考えてしまった。

最初からひとつ、またひとつと、インパクトのある短編を並べてきて、そんな短編を最後に添えたこの連作短編集、ぜひ多くの人に味わって欲しい。

（この作品『公園で逢いましょう。』は平成二十年
十月、小社より四六判で刊行されたものです）

切・り・取・り・線

一〇〇字書評

公園で逢いましょう。

購買動機（新聞、雑誌名を記入するか、あるいは○をつけてください）

□（　　　　　　　　　　　　）の広告を見て
□（　　　　　　　　　　　　）の書評を見て
□ 知人のすすめで　　□ タイトルに惹かれて
□ カバーが良かったから　　□ 内容が面白そうだから
□ 好きな作家だから　　□ 好きな分野の本だから

・最近、最も感銘を受けた作品名をお書き下さい

・あなたのお好きな作家名をお書き下さい

・その他、ご要望がありましたらお書き下さい

住所	〒				
氏名		職業		年齢	
Eメール	※携帯には配信できません		新刊情報等のメール配信を 希望する・しない		

この本の感想を、編集部までお寄せいただけたらありがたく存じます。今後の企画の参考にさせていただきます。Eメールでも結構です。

いただいた「一〇〇字書評」は、新聞・雑誌等に紹介させていただくことがあります。その場合はお礼として特製図書カードを差し上げます。

前ページの原稿用紙に書評をお書きの上、切り取り、左記までお送り下さい。宛先の住所は不要です。

なお、ご記入いただいたお名前、ご住所等は、書評紹介の事前了解、謝礼のお届けのためだけに利用し、そのほかの目的のために利用することはありません。

〒一〇一‐八七〇一
祥伝社文庫編集長　坂口芳和
電話　〇三（三二六五）二〇八〇

祥伝社ホームページの「ブックレビュー」からも、書き込めます。
http://www.shodensha.co.jp/bookreview/

祥伝社文庫

公園《こうえん》で逢《あ》いましょう。

平成23年9月5日　初版第1刷発行

著　者　三羽《みつば》省吾《しょうご》

発行者　竹内和芳

発行所　祥伝社《しょうでんしゃ》

東京都千代田区神田神保町3-3
〒101-8701
電話　03（3265）2081（販売部）
電話　03（3265）2080（編集部）
電話　03（3265）3622（業務部）
http://www.shodensha.co.jp/

印刷所　萩原印刷
製本所　ナショナル製本
カバーフォーマットデザイン　芥 陽子

Printed in Japan ©2011, Shogo Mitsuba ISBN978-4-396-33701-8 C0193

祥伝社文庫の好評既刊

安達千夏
モルヒネ
在宅医療医師・真紀の前に七年ぶりに現れた元恋人のピアニスト克秀は余命三ヶ月だった。感動の恋愛長編。

五十嵐貴久
For You
叔母が遺した日記帳から浮かび上がる三〇年前の真実――叔母が生涯を懸けた恋とは？

桜井亜美
ムラサキ・ミント
六本木でジュンと恋に落ちた少女ムラサキは、徐々に彼への不信と嫉妬に苛まれてゆき……。衝撃の恋愛小説。

小路幸也
うたうひと
仲たがいしてしまったデュオ、母親に勘当されているドラマー、盲目のピアニスト……。温かい歌《ストーリー》が聴こえる傑作小説集。

中田永一
百瀬、こっちを向いて。
「こんなに苦しい気持ちは、知らなければよかった……！」恋愛の持つ切なさすべてが込められた、みずみずしい恋愛小説集。

藤谷　治
マリッジ：インポッシブル
二十九歳、働く女子が体当たりで婚活に挑む！　全ての独身女子に捧ぐ、痛快ウエディング・コメディ。

祥伝社文庫の好評既刊

仙川　環　ししゃも

故郷の町おこしに奔走する恭子。さびれた町の救世主は何と!?　意表を衝く失踪ミステリー。

平　安寿子　こっちへお入り

三十三歳、ちょっと荒んだ独身OLの江利は素人落語にハマってしまった。遅れてやってきた青春の落語成長物語。

江國香織ほか　LOVERS

江國香織・川上弘美・谷村志穂・安達千夏・島村洋子・下川香苗・倉本由布・横森理香・唯川恵

江國香織ほか　Friends

江國香織・谷村志穂・島村洋子・下川香苗・前川麻子・安達千夏・倉本由布・横森理香・唯川恵

本多孝好ほか　I LOVE YOU

伊坂幸太郎・石田衣良・市川拓司・中田永一・中村航・本多孝好

石田衣良、本多孝好ほか　LOVE or LIKE

この「好き」はどっち?　石田衣良・中田永一・中村航・本多孝好・真伏修三・山本幸久…恋愛アンソロジー

祥伝社文庫の好評既刊

近藤史恵　カナリヤは眠れない

整体師が感じた新妻の底知れぬ暗い影の正体とは？　蔓延する現代病理をミステリアスに描く傑作、誕生！

近藤史恵　茨姫《いばらひめ》はたたかう

ストーカーの影に怯《おび》える梨花子。対人関係に臆病な彼女の心を癒《いや》す、繊細で限りなく優しいミステリー。

近藤史恵　Shelter

心のシェルターを求めて出逢った恵といずみ。愛し合い傷つけ合う若者の心に染みいる異色のミステリー。

柴田よしき　ふたたびの虹

小料理屋「ばんざい屋」の女将の作る懐かしい味に誘われて、今日も集まる客たち…恋と癒しのミステリー。

柴田よしき　観覧車

行方不明になった男の捜索依頼。手掛かりは愛人の白石《しらいし》和美。和美は日がな観覧車に乗って時を過ごすだけ…。

柴田よしき　回転木馬

失踪した夫を探し求める女探偵・下澤唯。そこで出会う人々が、彼女の人生を変えていく。心震わすミステリー。